包慧怡 著

青年翻译家的肖像

A Portrait of the Translator
as a Young Woman

复旦大学出版社

图书在版编目(CIP)数据

青年翻译家的肖像/包慧怡著. —上海：复旦大学出版社,2020.10
ISBN 978-7-309-15135-0

Ⅰ.①青… Ⅱ.①包… Ⅲ.①世界文学-文学评论-文集 Ⅳ.①I106-53

中国版本图书馆 CIP 数据核字(2020)第 109551 号

青年翻译家的肖像
包慧怡 著
责任编辑/方尚芩

复旦大学出版社有限公司出版发行
上海市国权路 579 号　邮编：200433
网址：fupnet@fudanpress.com　http://www.fudanpress.com
门市零售：86-21-65102580　团体订购：86-21-65104505
外埠邮购：86-21-65642846　出版部电话：86-21-65642845
上海盛通时代印刷有限公司

开本 787×1092　1/32　印张 9.25　字数 140 千
2020 年 10 月第 1 版第 1 次印刷
印数 1—4 100

ISBN 978-7-309-15135-0/I·1235
定价：58.00 元

如有印装质量问题,请向复旦大学出版社有限公司出版部调换。
版权所有　　侵权必究

目　录

小引　青苔深处　001

青年翻译家的肖像　011
　忘我而无用的专注　013
　全部的艺术就在于不要坠落　055
　奥斯特的叙事遁形术　087
　鸟之轻，羽之轻　099
　收集影子的人　123
　岛屿柠檬和世界鳗鱼　143
　葆拉·弥罕的词源迷宫　165
　解谜与成谜　177

青年翻译家的缮写台　201
　薛荔蒂丝之歌　　　　　［法］皮埃尔·路易　203
　斑驳之美　　　　［英］杰拉尔德·曼雷·霍普金斯　217
　夜空　　　　　　　　　［英］R. S. 托马斯　219
　读者　　　　　　　［美］华莱士·史蒂文斯　221

驶向拜占庭	[爱尔兰] 威廉·巴特勒·叶芝	223
一种艺术	[美] 伊丽莎白·毕肖普	227
北海芬	[美] 伊丽莎白·毕肖普	229
夜舞	[美] 西尔维娅·普拉斯	232
拉撒路夫人	[美] 西尔维娅·普拉斯	235
致塞西莉亚	[美] F. S. 菲茨杰拉德	242
涤罪之路	[美] F. S. 菲茨杰拉德	245
时光	[美] 约翰·皮尔·毕肖普	247
献诗	[美] 埃德蒙·威尔逊	255
她不知道她正死去,但她的诗知道	[爱尔兰] 葆拉·弥罕	261
游牧人的心	[爱尔兰] 葆拉·弥罕	264
白猫盘古再世	[爱尔兰] 葆拉·弥罕	267
云莓	[爱尔兰] 哈利·克里夫顿	270
洋流颂	[爱尔兰] 哈利·克里夫顿	273
女体	[加] 玛格丽特·阿特伍德	278
天使	[加] 玛格丽特·阿特伍德	286

后记 288

小引　青苔深处

二十岁到三十岁之间，我翻译出版了十本书。从练手阶段没有资历，只能接到佶屈聱牙、自己都读不下去的悬疑小说，到积累一阵后，开始译一些文学经典和社科专著，再到这几年只译对自己意义重大的作者，沿途的风景谈不上是玫瑰色，却还是妥妥地把我引入了一条羊肠小径，路的尽头是无尽的青苔，如一颗散焦的瞳孔所看见的大片深绿：沁凉，绵密，轻颤着、不带感情地托举着我，令我获得一种一切旷野恐惧症患者都熟悉的安心。

虽说是学外文出身，我不曾把文学翻译当作首要的志业，也从未获得过允许自己这么做的环境和时间。和这个时代的大部分译者一样，翻译是白日的劳作结束后昏灯下的零敲碎打，虽然谈不上争分夺秒，却是一种需要蓄意为之留出时间和能量的夜间工作。译者永远是一种夜行动物——即使不在物理时间维度上，也在心灵时间维度上——词语的排排立柱与管风琴在他身旁升起又降落，摩擦他的敏感系数，铺设或阻扰他一步步深入语言统御的幽暗国度。首先是和原作者对峙，然后是和自己——这对峙漫长、循环往复、永难令人放心，在翻译诗歌时，尤其可以把人逼疯。这儿确是暗影幢幢之地，每当眼睛指出一片开阔的林地，耳朵却又会把你带上荆棘蔓生的歧路。而在查询词源和相关资料时，短短一行文本就能诱人走进音义和语境的蛛网迷宫。需要脑中一个声音在某个时刻喊停并做出决断——"你不需要一张无限的清单"——否则，译者最终会迷失在这座可能性的迷宫深处，万劫不复。而书籍也将永远没有完成那天。

十三世纪神学家、方济各会总长波那文图拉将写书人分为四类："有四种制作书籍的方法。有时是一个人写别人的字，不添也不改，他只是被称作'抄写员'（scriptor）。有时一个人写别人的字，把别人的片断汇聚在一起，他就叫作汇编者（compilator）。有时一个人兼写别人的和他自己的字，但还是以别人的字为主，自己增添的字只是为了阐明问题，他就不能被称为作家，而只是评论者（commentator）。又是一个人兼写自己的和别人的字，而用别人的字来作为证据，他就应该被称为作者（auctor）。"

这是一种典型的中世纪作者观，其根基是印刷术通

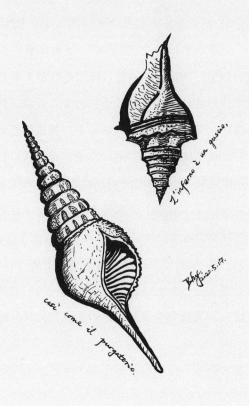

行前寸字寸金的手抄本文化。实际上中世纪写书人还包括第五类人,"用自己的字来逐一表达别人文字的人",也即翻译者。与今天看法迥异的是,中世纪译者往往被看作最接近现代"作者"的那类人(即波那文图拉笔下的"auctor",英文"author"的前身),绝大多数中古盛期文学巨擘如但丁、薄伽丘、乔叟、高厄都曾将大量古代晚期或中古早期作品从拉丁文或宫廷官话译入俗语,譬如乔叟从古诺曼法语将《玫瑰传奇》译入中古英语伦敦方言(莎士比亚时代及现代英语的前身)。从语言史上看,正是这批译者兼作家的努力,为俗语(vernacular)作为文学语言登上历史舞台奠定了基础,否则英语、意大利语或其他现代语种的文学史将无从谈起。

从自我教育的角度来看,这些中古作家无不将翻译经典作品视为完善个人诗艺的关键步骤,他们的翻译作品也向来被归入其作品全集,而非作为译著另录。无限尊崇"古书"(olde boke)、以手抄本为文化源泉的中世纪作家们甚至常常"假托"自己的原创作品为译作,比如乔叟就在《特洛伊罗斯与克丽西达》第二卷序言中自谦(或自我开脱):"我所写情感并非个人杜撰 / 而只是把拉丁语译成本国的语言……如有的词语不妥,并非我的过错/因为我只是复述了原作者的话。"

贯穿欧洲中世纪的这种有意无意对译者和作者身份的混淆,到了现代无疑会被皱眉而视。在后印刷术时期的今天(文学史强调作者的个体性,文本的地位首先由其独创性确立,个人风格被拔高到近神的地位,而非如中世纪般以沿袭古书传统为荣),大多数翻译理论体系奠立在不同程度的"忠"之原则上。在字义准确的前提下,译者对原作者语言或风格上的篡改都被视为僭越。对此类准则我大致没有异议,一切"书籍制造者"毕竟只能在各自所处的时代背景中工作。但对翻译我确实怀有其他的寄托。一方面,翻译中近乎体力劳作的部分,那份类似于打坐的心无旁骛,在学术科研和个人创作的疾风暴雨间稳稳托住了我,使我免于难以避免的挫败感所带来的频繁崩溃。另一方面,作为一名写作者,翻译优秀作品的过程对我自身语言感受性的侵略、扩充与更新,以及我的语感精灵们同这类侵略之间看不见的角力或和解,是我怀着兴奋,乐意看到发生在自己身上的。我愿意自己的语言是一座风格的竞技场,时刻处在声音与意义的动态守恒中,永远保持遇见一个全新

的自己的可能性。

这本小书收录了我为过去十年的译著所撰的部分序言或译后记,以及二十余首从英语或法语迻译的诗。书名是对乔伊斯《青年艺术家的肖像》的一次小小致敬,不是我的自我认知——我更愿意称自己为一名"译者",觉得在这两个简单的汉字内,有一种坚实的力度。

我也一直相信,译作出版之日就是译者隐身之日。因此不妨以一首小诗来结束,它写于2010年一班回上海的夜行列车上。关于翻译这一和巴别塔同样古老的劳作,及其涉及的种种事关存在的隐秘,我能说的,或许只是这么多:

垂怜经

我已穷尽所有臆造的

启程上路的意义。当银亮的夜雨

向我的花园注入潺潺的玻璃

当星辰堕落成旋转的骨朵

带来清新的寒意;当我明白星辰

仅仅诞生于人类的瞳仁,那在地上聚敛光与虚空的

必在天上凿出光与虚空。群星的创造
起于凝视:多么稳泰,多精准。

而我内在的骑兵突破夜之火焰
千军万马踢踏而来,凛冽的剑刃
映出年代久远的应许:那专司创造的黑眸
熟悉这应许。我已为之鲜血淋淋
是谁钦定这无益的运输
送我去阴影叠嶂、水生物日夜逐力的国度
充当远非独一无二的新妇?在那里
我将日复一日地修剪闪电的树根
袭一身绝缘的白瓷衣裳,永远忧郁而温柔地
擦拭一面形成于沙丘之凹陷的圆盾……

我将失神地转动古瓷眼珠,看那只角桠分叉的鹿
如何闯入他内在的图腾;为了彰显他幽暗、馨香
恐怖的神恩,如何奋力燃烧它耳间的枝形灯
看它如何在词影幢幢的穿廊中反复迷失
受羁、中箭、跌落、死亡、启程……

最后于他的卷纹中央找到我

冷却已久的回声

谨把这本书献给所有曾在、正在、将在语言的缝隙间逡巡的夜行动物，为了我们在青苔深处的再次相逢。

2015 年 9 月

青年翻译家的肖像

# 忘我而无用的专注

引子

> 你为我写墓志铭时一定要说,
> 这儿躺着全世界最孤独的人。
>
> ——毕肖普致洛威尔的信

伊丽莎白·毕肖普(Elizabeth Bishop,1911—1979)的诗歌生涯逡巡于在场与隐形的两极。很少能举出一位像她一样的美国诗人,早早誉满天下,却在诗歌之外的一切场域保持了近乎完美的沉默。在本土,毕肖普通常被看作艾米莉·狄金森之后最优秀的女诗人。如果说狄金森生前是彻底隐形的(几乎无发表作品,全无文名),毕肖普却从出版第一本诗集起就陆续囊括了包括古根海姆奖(两次)、普利策诗歌奖、美国国家图书奖、纽斯塔国际文学奖在内的各项桂冠,也曾担任国会图书馆诗歌顾问(俗称的美国桂冠诗人)、哈佛驻校诗人等职位。

即使如此,在二十世纪九十年代的两本重要传记问世前,在书信集《一种艺术》和《空中词语》经后人整理出版前,人们对她的生平所知甚少,甚至没有多少人听过她公开朗诵。1983年,毕肖普去世不到四年,纽约大学诗歌教授丹尼斯·奥多诺在《喧嚣的鉴赏者:现代美国诗歌中秩序的观念》一书中如此介绍她:"1911年2月8日生于麻省伍斯特,八个月时丧父,母亲……在她五岁时被送入新斯科舍达特茅斯的精神病院。伊丽莎白再也没见过母亲。"奥多诺得出结论:"表面看来,她的一生没什么戏剧性。"这大致代表了当时大部分读者对她的印象。

二十年的研究积累使读者对她的生平得出了截然相反的看法。2002年,爱尔兰小说家科姆·托宾在随笔集《黑暗时期的爱情:从王尔德到阿莫多瓦的同性恋人生》中为毕肖普专辟一章,称在戏剧性方面"她的一生可与西尔维娅·普拉斯媲美,成为永远令人着迷的主题"。可我们不应忘记,"永远令人着迷的"首先是她的诗歌:缤纷、冷凝、节制、澄澈,从高度专注中诞生的美妙的放松,以及博物志视野下对幽微而深刻的情感事件的聚焦。即使有着最谦卑乃至羞涩的外表,这些诗句仍指向一颗沉静有力的心脏,一支缓慢而苛刻的笔——两者在毕肖普的时代如同在我们的时代一样罕见。

没错,她写得那么少又那么慢,以至于其诗歌全集薄得令人尴尬,算上未正式收录的作品也不过百来首。处女作《北与南》(1946)出版九年后才有第二部诗集问世,即《诗:北与南;寒春》(1955),其中还收录了第一部诗集的全部内容。又是漫长的十年后,《旅行的问题》(1965)问世。此后则是她自己删定的《诗全集》(1969),包含了八首新作。七年后,毕肖普出版了生前最后一本诗集《地理学 III》(1976)。这差不多就是全部。

1956年,毕肖普致信格蕾丝姨妈:"我写了一首关于新斯科舍的长诗,是献给你的。出版之时,我会给你寄一份。"这首名叫《麋鹿》的诗十六年后才彻底完成。一首诗改上十多年在毕肖普是常有的事,她的终身好友,美国自白派诗人罗伯特·洛威尔在一首题为《历史》的献诗中对此有所描述:"你是否 / 依然把词语挂在空中,十年 / 仍未完成,粘在你的公告板上 / 为无法想象的词组留出空格与空白 / 永不犯错的缪斯,令随意之物完美无缺?"[1] 这也是两

---

[1] 本书所引用诗文若无另外说明,均由作者翻译,下不赘述。

人之间的书信全集《空中词语》的出处。节制与舒缓自始至终主宰着毕肖普的诗艺,也主宰她的创作态度,这从她的一封信中可以窥见端倪:

"看起来,人们在艺术中需要的——为了体会艺术而需要的——是一种忘我的,完全无用的专注,而创造艺术也绝对离不开它。"

如果我们幸或不幸地了解她的生平,很容易将这看作一种自我救赎的表述。不过,这种"忘我而无用的专注",首先是毕肖普诗歌给读者的一个直观印象。

想象的地图

> 地形学不会偏袒;北方和西方一样近。
> 比历史学家更精微的,是地图绘制者的色彩。
> ——《地图》

差不多可以说,《北与南》中的第一首诗《地图》是毕肖普第一部诗集的题眼,并为此后的写作奠立了一个重要维度。迁徙中写就的原地之诗,在原地写就的迁徙之诗,以及作为生存处境之隐喻的出发和抵达,这是一个将在毕肖普诗歌中反复变奏的基调。

初识其诗的读者往往有这种印象:那些看似随意选择,彼此没有必然关联的琐碎的风景细节是怎么回事?还有那些看似出自全然的童真,却处处透着玄思气息的问号:"沿着细腻的,棕褐多砂的大陆架/陆地是否从海底使劲拽着海洋?"它们看似要引人回答什么,最后却只描述了对地图之美的恋物式沉迷:"我们能在玻璃下爱抚/这些迷人的海湾,仿佛期待它们绽放花朵/或是要为看不见的鱼儿提供一座净笼。"

地图究竟是什么?它们要为我们指明方向,还是诱使我们在色彩和符号中迷路?它们自诩精确客观,是混沌世界可把握的缩影,是精微的测绘仪器对广袤无限的征服,它们确信自己是"有用的"。可是不精确的地图同样"有用":我们坐地铁穿越城市的地底,明知地铁图上缤纷的线路勾勒的是一个与地面上迥然不同的城市,分布在东西南北的四个站点被画在同一条笔直的直线上,却毫不担心地任由列车裹挟我们,进入错综复杂的更深处。画在纸上的地图又是什么,如果它拒绝成为世界的象征,如果它胆敢希望成为一个自足自洽的存在?

绘入地图的水域比陆地更安静,
它们把自身波浪的构造借给陆地:
挪威的野兔在惊惧中向南跑去,
纵剖图测量着大海,那儿是陆地所在。
国土可否自行选取色彩,还是听从分派?
——哪种颜色最适合其性格,最适合当地的水域。

(《地图》)

当毕肖普在诗末斩钉截铁地写下"地形学不会偏袒;北方和西方一样近",作为地图凝视者的她已进入中世纪地图的思维模式。在如同赫尔福德地图(Hereford Mappa Mundi)那样典型的十三世纪"T-O"型地图上,圆心永远是耶路撒冷,一半世界永远不被呈现(中世纪人相信那儿是倒立行走的"反足人"和各种山海经式怪兽的家乡),地中海、尼罗河和顿河将可见的世界划作三块,欧洲与非洲永远是两个等大的四分之一弧,而亚洲是两倍于它们的半圆,东方在今天的北面而西方在今天的南……物理的地形学让位于理念的地形学,它们"不会偏袒",一如实用主义的目光消弭于想象的目光。用地图寻找方向的旅人消失在以地图为审美和沉思对象的旅人眼中:前者将找到路,后者将找到一座迷宫,两种人将有截然不同的命运。找路的人固然众多,却也有人不以迷路为恐怖,至少毕肖普在紧接着《地图》的下一首诗《想象的冰山》中,书写的完全是以她本人为代表的后一种旅人的狂欢:

我们宁肯要冰山,而不是船,
即使这意味着旅行的终点……
我们宁肯拥有这片呼吸着的雪原
尽管船帆在海上片片平展
……
这片风景,水手愿用双眼交换。
航船被忽略。

虽然"船"是海上之路,载人前往确凿安定的港湾,

"我们"依然青睐会像迷宫一样最终吞噬我们的冰山。我们赞赏它沉浮不定中的自持，醉心于它的繁复："冰山胆敢把它的重量／加诸一个变幻的舞台，并且站定了，凝望。／这座冰山从内部切割它的晶面。"冰山从观看的对象成为了观看者，如一座镜宫静默地凝望自己体内无穷的镜子。在想象的航海图上，抛弃了船只的旅人注定遭遇冰山，就像不找路的人最终会找到迷宫并葬身其中——但那或许是更幸运的归宿，因为在毕肖普那里，冰山与灵魂质地类似，两者本就该同栖同宿或者消融在彼此之中："冰山适宜于灵魂／（两者都由最不可见的元素自我生成）／可以这样看待它们：脱离了肉身、曼妙、矗立着，难以分割。"

说到这里，水（"最不可见的元素"）——确切地说是海——对于毕肖普的意义已经不言而喻。毕肖普未必是个泰勒斯主义者，但大海显然是她心灵地貌的重要建设者，地图上最迫切而深重的在场。《北与南》中的《海景》《硕大糟糕的图画》《奥尔良码头》《鱼》《不信者》，第二本诗集《寒春》中的《海湾》《在渔屋》，晚期诗集《地理学 III》中的《三月末》以及未收录诗《北海芬》等，无一不是写海或基于海景的名篇。可以说在她以前没有人写出过这样的海洋之诗，在她以后，至今也没有。

无论是随外祖父母度过童年的、被北大西洋四面环绕的加拿大东南部新斯科舍省，还是与恋人萝塔共度"一生中最快乐的十多年"的、毗邻南大西洋的巴西彼得罗波利斯和里约热内卢；无论是被墨西哥湾和北大西洋挟持、位于佛罗里达群岛乃至美国本土大陆最南端的基韦斯特岛（三十年代，刚从瓦萨女子学院毕业不久的毕肖普在这里和大学女友露易丝·克莱恩一起购房同住），还是她度过最后几个夏天的、位于缅因州皮诺波斯科特海湾的北海芬小镇——毕肖普终生在海洋与陆地间辗转迁徙。而那些令她长久驻留并在诗歌中一再重访的，永远是海与陆、水与土的分界：半岛、海峡、陆岬、港湾、码头。扬·戈顿称毕肖普"为地理尽头着迷，那些水陆的指尖是更广之地的感觉接收器"。然而比起浪迹天涯海角本身，更吸引毕肖普的其实是这些人类行踪的边缘地带赋予一名观察者的地理和心理距离，一种微微敞口的孤绝。退隐，然后观看。还有哪儿比海洋与陆地的分界更适合一个严肃的观察者从事对地图的内化，思考空间与知识、历史以及我们所感受到的一切的关系？一如《在渔屋》的末尾：

我曾反复看见它,同一片海,同一片
悠悠地,漫不经心在卵石上荡着秋千的海
在群石之上,冰冷而自由,
在群石以及整个世界之上。
若你将手浸入其中,
手腕会立即生疼
骨骼会立即生疼,你的手会烧起来
仿佛水是一场嬗变的火
吞噬石头,燃起深灰色火焰。
若你品尝,它起先会是苦的,
接着是海水的咸味,接着必将灼烧舌头。
就像我们想象中知识的样子:
幽暗、咸涩、澄明、移涌,纯然自由,
从世界凛冽坚硬的口中
汲出,永远源自岩石乳房,
流淌着,汲取着,因为我们的知识
基于历史,它便永远流动,转瞬即逝。

倒置的梦屋

> 天花板上多么安详!
>
> 那是协和广场。
>
> ——《睡在天花板上》

———

"我正入睡。我正坠入睡眠,我借助睡眠的力量坠落到那儿。就如我因疲惫入睡。就如我因厌倦入睡。就如我坠入困境。就如我普遍的坠落。睡眠总结了一切坠落,它聚拢这一切坠落。"这是让-吕克·南希《入睡》的开篇。无论是这本书的法文原名(*Tombe de sommeil*)还是英译名(*The Fall of Sleep*)都清楚不过地彰显了睡眠与坠落,入眠与下降之间潜在的联系。这一意义上,毕肖普可以被看作诗歌领域的睡眠研究者。着迷于睡眠这一动作的象征意义,琢磨着"入睡"带来的全新视角——或者说错视(trompe l'oeil)视角 ——毕肖普一系列"睡觉诗"中的"我"像个不甘心乖乖入睡的小孩,在辗转反侧中观察着屋

忘我而无用的专注

里的风吹草动，为自己编织一个绮丽而隐秘的新世界：

> 下面，墙纸正在剥落，
> 植物园锁上了大门。
> 那些照片都是动物。
> 遒劲的花儿与枝梗窸窣作响；
> 虫儿在叶底挖隧道。
>
> 我们必须潜入墙纸下面
> 去会见昆虫角斗士，
> 去与渔网和三叉戟搏斗，
> 然后离开喷泉和广场。
> 但是，哦，若我们能睡在那上方……
> (《睡在天花板上》

对一个拒绝合眼的睡眠者而言，寂静的天花板就成为人来人往的广场，天顶熄灭的水晶吊灯成为广场上倒立的喷泉，上面成为下面，"坠入睡眠"（fall into sleep）成为"睡在那上方"（sleep up there）。世界在失眠者的眼皮中颠倒，或者失眠者有意倒置视轴，虚拟一个新鲜而充满活力的世界，来抵御睡眠中濒死的昏聩：

当我们躺下入眠，世界偏离一半
　　转过黑暗的九十度，
　　　　书桌躺在墙壁上
白日里斜卧的思想
　　上升，当别的事物下降，
　　　　起立制造一片枝繁叶茂的森林。

梦境的装甲车，密谋让我们去做
　　那么多危险的事……
（《站着入眠》）

那些乘坐梦境的装甲车，彻夜追踪消失房屋的孩子们，是所有害怕长夜的成年人为自己选择的睡前面具。毕肖普诗中的许多叙事者都有一个童稚的声音，"似乎打定主意要开开心心"（《寒春》），要铆足劲儿为梦中角色安排可以打发一整个夜晚的游戏——就像她满怀柔情描摹的众多玩具国：机械钟和雪城堡（《巴黎、早晨七点》）、釉彩皮肤的玩偶（《那些那么爱我的娃娃去了哪里》）、发条小马和舞蹈家（《冬日马戏团》）。可是圣诞玻璃球中纷飞的大雪虽然热闹，很快雪片就会降落完毕，落在丑陋而做工粗糙的地面，露出同样做工粗糙而笨拙的，孤零零的塑胶房屋。于是悲伤的、无法再变回孩子的失眠者躺在梦境的边缘许着愿，愿月亮这个"白昼睡眠者"能代替自己"把烦恼裹进蛛网，抛入水井深处"：

进入那个倒转的世界
那儿，左边永远是右边，
影子其实是实体，
我们在那儿整夜醒着，
那儿，苍穹清浅就如
海洋现在深邃，并且你爱我。
（《失眠》）

入梦总是意味着危险，意味着也许再也无法醒来。在夜晚充当拯救手段的错视无法向清晨许诺任何东西。我们不禁要问,《爱情躺卧入眠》诗末那个睡过了头或者已经死去的人,拂晓时分看见了什么?当他的"脑袋从床沿耷拉下来 / 他的面孔翻转过来 / 城市的图像得以 / 向下滋生,进入他圆睁的眼眸 / 颠倒而变形",属于黑夜的错视再次向属于白昼的透视付出了代价。

毕肖普或许深谙错视的有限性,在《野草》中彻底放弃了这种普鲁斯特式视角,放弃了悬浮在睡眠表面光怪陆离的轻盈花边,转而直接观看睡眠的深处:那虚空的漏斗,无意识的漩涡,那溺水之躯安息的河床。痛苦的失眠者不再挣扎于自我催眠与反催眠的拉锯,而是由昏明不定的"入睡"坠入了暗无天日的"沉睡"。在那儿,一如在神话中,睡神与死神是孪生兄弟,梦见死者就是死一次。《野草》如此开篇:"我梦见那死者,冥思着, / 我躺在坟茔或床上, / (至少是某间寒冷而密闭的闺房)。"幽闭恐惧的场所适宜冥思(床,坟墓或者重生的摇篮),在那儿,哪怕最轻微的动静也"对每种感官都如 / 一场爆破般惊悚",更何况:

一根纤弱的幼草
向上钻透了心脏,它那

绿色脑袋正在胸脯上频频点头。

(这一切都发生在黑暗中。)

……

生了根的心脏开始变幻

(不是搏动)接着它裂开

一股洪水从中决堤涌出。

两条河在两侧轻擦而过,

一条向右,一条向左,

两股半清半浊的溪川在奔涌,

(肋骨把它们劈作两挂小瀑布)

它们确凿地,玻璃般平滑地

淌入大地精细的漆黑纹理。

这棵在类死的沉睡中钻透并最终劈开"我"心脏的野草,几乎就是南希这段话的最佳演绎:"睡眠是一种植物生长般的运作。我如植物般生长,我的自我成为了植物态,几乎就是一棵植物:扎根于某处,只被呼吸的缓慢进程贯穿,被那些在睡眠中休息的器官所从事的其他新陈代谢贯穿。"野草虽然如异物劈开心脏,但它本来就源自这颗心。正是

"我"的过去,所有悲伤或欢喜的经验的总和,滋养着野草并任它蹿升,繁殖着叶片,从上面滴下璀璨的水珠,如同为一个濒死的人播放生前记忆的断片:"我因此能看见/(或是以为看见,在那漆黑的处所)/每颗水珠都含着一束光,/一片小小的,缤纷点亮的布景;/被野草改变了流向的溪流/由疾涌的彩画汇成。/(就好像一条河理应承载/所有它曾映出并锁入水中的/风景,而不是漂浮在/转瞬即逝的表面上)。"沉淀的经验被锁入梦境的幻灯片,向睁着眼的熟睡者或无法安眠的死者播放一帧帧流动的彩画,直到再也无法忍受的"我"发出诘问:"你在那儿做什么?"野草的回答来得干脆而迅捷,"我生长",它说,"只为再次切开你的心。"

至此,毕肖普在这首诗中传递的完全是打点计时器式的精确痛感,却滤尽了一切自怜自怨,反而有最清澈平静的表面。这也是毕肖普少量"暴露"自我的诗作的共性,其他时候,她的"我"总是极力保持着最大程度的退隐。在这一点上,她的确站到了以好友洛威尔为代表的自白派的反面,尽管她表面上很少反对他的诗歌主张。自白派的典型写法就是不浪费任何发生在自己和周围人身上的事,不浪费任何体会到的情感,玩味一切混沌、阴暗乃至邪恶心绪并致力于从中种出奇诡之花。实际上，洛威尔从来不是个一贯而终的自白派。但当他修改相伴二十三年的前妻伊丽莎白·哈德威克写给他的私信，并将它们写成十四行诗收入诗集《海豚》时，毕肖普致信洛威尔，语调严厉地表达了反对态度：

这是"事实与虚构的混合"，而你还篡改了她的信。我认为这是"无比的恶作剧"……一个人当然可以把自己的生活当作素材——他无论如何都会这么做——但这些信——你难道不是在违背别人的信任？假使你获得了允许，假使你没有修改……诸如此类。然而，*艺术并不值得付出那样的代价*。(1972年3月21日)

我们无从判断毕肖普最后一句话的真诚性。毕竟，她的一生就是缓慢而沉静地为艺术付出代价的一生——以某种与洛威尔截然不同的方式。毕肖普在《地理学 III》的压轴诗之一《三月末》中提到一种"梦屋"："我想一直走到我原梦的屋子，/ 我的密码梦幻屋，那畸形的盒子 / 安置在木桩上。"这种梦屋的变体，实际上早在《耶罗尼莫的房子》("我的房子 / 我的童话宫殿")、《六节诗》("而孩子，画了另一栋不可捉摸的小屋")、《一种艺术》("看！我的三座/爱屋中的最后一座、倒数第二座不见了")等诗中就已经含蓄地出现过，并在毕肖普译自奥克塔维亚·帕斯的《物体与幽灵》一诗中道成肉身："树与玻璃的六面体，/不比鞋盒大多少，/其中可容下夜晚，和它所有的光……约瑟夫·康奈尔：在你盒中/有那么一瞬，我的词语显形。"装置艺术家约瑟夫·康奈尔用"纽扣、顶针箍、骰子、别针、邮票、玻璃珠"等日常器物制成的"康奈尔影盒"是一种迷你的梦屋，材质、形式与光影在其中交相变幻，毕肖普本人拥有一只并为之着迷。可以说，她将《物体与幽灵》收入《地理学 III》而非归入译诗专辑出版，这绝非偶然。这类梦盒/梦屋是一个诗人最重要的原初经验的总和，它们总是颠倒、畸形、写满密码、被安置在奇特的位置，光怪陆离而不可捉摸，恰似一个主动失眠者从躺卧的水平线、在梦境和潜意识的边缘所观察到的自己的房间。至此，毕肖普一系列"睡眠诗"（大多写于早期并且相对不受重视）的启示已在一个新的维度上展开——梦屋虽然馆藏丰富，堆满现成的感受、故事、经验，某一类诗人却能够且宁愿选择不去动用它们：

我想在那儿退隐,什么都不做,
或者不做太多,永远待在两间空屋中:
用双筒望远镜看远处,读乏味的书,
古老,冗长,冗长的书,写下无用的笔记,
对自己说话,并在浓雾天
观看小水滴滑落,承载光的重负。
(《三月末》)

这或许就是毕肖普为她的艺术付出的代价:就诗歌与生活的关系而言,不是"物尽其用",而是"什么都不做,或者不做太多"。当然,一如她在给洛威尔的信中所写,毕肖普本人十分清楚,"一个人当然可以把自己的生活当作素材——他无论如何都会这么做"。但是,比起自白派挖掘乃至压榨自己及周围人情感矿脉的写作进路,谁又能说,谨慎地倾向于"不做太多",看似挥霍无度的毕肖普,选择的不是一条更耐心,更自信,或许也更可靠的道路?最重要的念头往往诞生于闲暇,诞生于事与事的间隙,通过选择表面的贫乏,诗人推开的那扇暗门或许恰恰通往丰富和无限。

动物园,岛屿病

> 群岛自上个夏天起就不曾漂移,
> 即使我愿意假装它们已移位。
> ——《北海芬》

毕肖普写了不少以动物为题的诗,其中不少是公认的杰作,比如《鱼》、《麋鹿》、《犰狳》、《矶鹬》、《人蛾》(假如幻想中的动物也算)、《粉红狗》等。散文诗《雨季;亚热带》和《吊死耗子》更是直接为我们描摹了一座生机勃勃又潜流暗涌的玻璃动物园,其中每只动物的眼睛都是其他动物的哈哈镜,映照出大相径庭却同等真实的他人和自我。在作为万镜楼台的动物园中,我的谜底是你的谜面,而他的寓意就是你的寓言。与中世纪彩绘动物寓言集(bestiary)传统中相对简纯、固定的象征系统不同——孔雀是基督的不朽,猎豹是神意的甜美,独角兽象征贞洁,羚羊警示酗酒的危害——毕肖普诗中的动物们大多迷人而费解,既不属于此世也不属于彼世,仿佛从世界的罅隙中凭空出现,几乎带着神启意味,向人类要求绝对的注目。比如《麋鹿》中那只从"无法穿透的树林"中"赫然耸现",走到路中央嗅着夜间巴士的发动机罩,令车上陷入梦乡或喃喃絮语的乘客"压低嗓门惊叹"的鹿:

> 巍峨,没有鹿角,
> 高耸似一座教堂,
> 朴实如一幢房屋
> ……
> 她不慌不忙地
> 细细打量着巴士,
> 气魄恢弘,超尘脱俗。
> 为什么,我们为什么感到
> (我们都感觉到了)这种甜蜜
> 欢喜的激动?

或是《犰狳》中那只受惊于空中栽落的天灯,从峭壁中骤然闪现的贫齿目动物:

急匆匆，孤零零，
一只湿亮的犰狳撤离这布景，
玫瑰斑点，头朝下，尾也朝下
……
太美了，梦境般的摹仿！
哦坠落的火焰，刺心的叫嚷
还有恐慌，还有披戴盔甲的无力拳头
天真地攥紧，向着苍空！

又或是《鱼》中与"我"对视的捕获物：

我看进他的眼睛
比我的眼睛大好多
但更浅，且染上了黄色，
虹膜皱缩，透过年迈的
损蚀的鳔胶的滤镜
看起来像被失去了光泽的
锡箔包裹。

鱼眼轻轻游移,但不是

为了回应我的瞪视。

这些普通又惊人的动物和人一样逡巡于地图表面,在海洋、陆地、天空的分界处游荡。虽然在人类的发动机罩、火焰、鱼钩面前显得如此脆弱,毕肖普笔下的动物实际上是比人类更自行其是和顽固的存在,属于人类从不曾企及的古老纪元和广袤空间,并将一直自行其是下去,无论人的命运最终如何演变。《犰狳》和《鱼》这样的诗或许饱含悲悯——某种权且可称为情同此心、物物相惜的情绪——以至于在《鱼》的结尾处"我把大鱼放走"。然而毕肖普对包括自己在内的人类内心这种频繁出现、反复无常、瞬时而可疑的柔软不抱任何幻想,也不作道德评判,她只是长久注视着动物们凌驾于理性之上的神秘乃至可怕的美,并且满足于知道这美将永远是个谜。这一点上,她没有偏离爱默生等美国超验主义者的足迹。在致她的第一位传记作者安妮·史蒂文斯的家常信中,毕肖普也确实提起过:"我觉得卡尔(洛威尔)和我都是超验主义者的后人,虽然方式不同——但你可以不同意。"当动物涉入人世太深,以至于到了像《人蛾》的主人公（得名于"猛犸象"一词的误印）那样，不满足于"时不时罕见地造访地球表面"，却和人类一起夜夜搭乘列车进入城市内腹，它们的处境和寓意都将变得暧昧而危险。它们将像人一样染上轮回之疾，"做循环往复的梦／一如列车下方循环往复的枕木"。它们的灵魂将像人类一样躁动不安，直到：

……你抓住他
就把手电照向他的双眸。那儿只有黑瞳仁，
自成一整片夜晚，当他回瞪并阖上眼
这夜晚便收紧它多毛的地平线。接着一颗泪
自眼睑滚落，他唯一的财富，宛如蜂蜇。
他狡诈地将泪珠藏入掌心，若你不留神
他会吞下它。但若你凝神观看，他会将它交付：
沁凉如地下泉水，纯净足以啜饮。

介于写实与虚构之间的"人蛾"无疑是个异类。而一旦进入纯然虚构的领域，毕肖普的动物往往呈现为一种安静的活风景，时而有入定的表象，时而是噩梦的标点——关于永恒的孤独,关于永远被囚禁于真实或想象的岛屿的噩梦。在那首名为《克鲁索在英格兰》的美妙长诗中,搁浅的鲁宾逊·克鲁索同时变身为小王子和格列佛,终日坐在比自己小不了多少的火山口,无所事事,晃荡双腿,清点新爆发的火山和新诞生的岛屿,细看"海龟笨拙地走过,圆壳耸得高高,/ 发出茶壶般的嘶嘶声","一只树蜗牛,明艳的蓝紫色 / 蜗壳纤薄,爬过万事万物","所有的海鸥一齐飞走,那声音 / 就像强风中一棵巨树的叶片"。克鲁索越是思忖,就越是深陷自由意志与宿命、一与多的迷局。他将火山命名为"希望之山"与"绝望之山",试图解释自己和动物们共同的处境:"我听说过得了岛屿病的畜群 / 我想山羊们正是得了这种病"。只要孤绝之境尚有后路可退,尚有一线连接大陆的地峡,就还称得上一块称心如意的退隐地,称得上一座理想的观测站,就像《三月末》中那类"原梦的屋子"。但克鲁索的绝望在于不能在无垠的时空中确立自己的位置,并且岛屿本身无穷无尽:

我会做
关于其他岛屿的噩梦,它们

> 从我的岛屿延展开去，无穷无尽的岛屿
> 岛屿繁衍岛屿，
> 如同青蛙卵变身为蝌蚪般的岛屿
> 我知道，我最终不得不
> 住在其中每一座岛上，
> 世世代代，登记它们的植物群，
> 动物群，登记它们的地理。
> ……
> 我的血液中充满岛屿；我的脑海
> 养育着岛屿。

这是一类在地图上缺席的群岛，它们繁衍、流动、嬗变，无法被地形学捕捉，除非是在一个孤独成瘾者的心灵版图上。克鲁索在岛上并非全无慰藉，他用莓果酿酒，给蜗牛壳堆成的鸢尾花圃读诗，吹奏长笛，欣赏水龙卷，给山羊胡子染色——要不是那些偶尔透露痛感、自怜和少许恶意的独白，你简直会以为他是一个陶渊明。可是那又如何？毕肖普拒绝美化任何生存处境，即使她在悼念洛威尔的《北海芬》一诗中再次点数那些实际上"不曾漂移"的群岛，"凫游着，如梦似幻，/ 向北一点儿，向南一点儿或微微偏向 / 并且在海湾的蓝色界限中是自由的"，即使她在《海景》中以超凡的耐心勾勒着"失重的海榄雌岛屿 / 那儿，鸟粪齐齐为明艳的绿叶镶边 / 像银质的彩画"，并称之为"恍若天堂"。克鲁索的旅程最终由虚入实，被过路的船只救到那名为英格兰的"另一座岛"，失去了他的火山和动物，失去了他的随身用品（捐给当地博物馆），失去了星期五。他老了，倦了，在另一座房屋里枯坐，读无趣的报纸，与曾经形影不离的旧刀相对，尽管"现在它完全不再看我 / 鲜活的灵魂已涓涓淌尽"。我们是否永远无法逃离我们所是，无论身处岛屿还是大陆？

反旅行或缝纫目光

> 想想漫长的归家路。
> 我们是否应该待在家里，惦记此处？
> ——《旅行的问题》

毕肖普一生在北与南间不断迁徙，足迹遍布各洲各城。早年从父亲那里继承的遗产使她大半辈子不必为工作操心，后期获得的奖项也常为她提供意外的旅行机会。1951年，布利马大学颁给她一笔价值2500美元的旅游经费，她于是坐船前往南美环游，同年十一月抵达巴西圣图斯港口。由于邂逅了此后成为她女友的建筑师萝塔·德·玛切朵·索雷思，原计划在巴西只待两周的毕肖普最终在彼得罗波利斯住了十五年。漫游癖（wanderlust）当然改写了她的一生，然而对那场宿命的抵达，毕肖普在诗集《旅行的问题》开篇第一首中是这么写的：

……哦，游客，
这国家难道就打算如此回答你？

你和你颐指气使的要求：要一个迥异的世界
一种更好的生活，还要求最终全然理解
这两者，并且是立刻理解
在长达十八天的悬空期后？
（《抵达圣图斯》）

这种对"旅行迷思"——旅行作为启蒙,旅行作为对庸常生活的升华和荡涤,旅行被奉为拯救方式——的质疑在标题诗《旅行的问题》中进一步展开:

哦,难道我们不仅得做着梦
还必须拥有这些梦?
我们可还有空间容纳
又一场余温尚存、叠起的日落?
……
洲、城、国、社会:
选择永远不广,永远不自由。
这里或者那里……不。我们是否本该待在家中
无论家在何处?

可以说,毕肖普是在诗歌领域对"旅行迷思"发起全面反思的第一人。这种迷思部分地植根于近代欧洲开明绅士的培养传统(云游四海作为青年自我教育的重要环节),1960年代在英国又与"间隔年"这种大受欢迎的亚文化形

式相契。到了商品时代的今天，旅行的门槛消失，成本降低，愈发被赋予众多它本身无力担负的使命和意义，在厌倦日常现实却难觅出口的年轻一代中获得了近乎宗教的地位。在这个旅行癖空前白热的时代重读出版于1965年的《旅行的问题》，我们会感慨于毕肖普的先知卓见——即使她的诘问首先是针对作为终生旅行者的自己："是怎样的幼稚：只要体内一息尚存／我们便决心奔赴他乡／从地球另一头观看太阳？／去看世上最小的绿色蜂鸟？……可是缺乏想象力使我们来到／想象中的地方，而不是待在家中？／或者帕斯卡关于安静地坐在房间里的话／也并非全然正确？"本集中另一首不起眼的小诗《特洛普日志选段》——英国维多利亚时代最多产的小说家安东尼·特洛普同时是畅销游记《北美纪行》的作者——也对"作为旅游者的作家"这一形象作了戏谑而辛辣的解构。

实际上，旅行或曰反旅行甚至不是诗集《旅行的问题》真正的关键词，有评论家把《旅行的问题》称为毕肖普的《地理学 II》，把《北与南》称为《地理学 I》，并非全无道理。在一系列以旅行、观景为表象的风物诗中，毕肖普向我们呈现的是一种将外在世界于个体灵魂中内化的视角。不是她在那些超现实意味浓重的"睡觉诗"中采取的错视法,也不是现代透视法或巨细无靡的工笔画之眼(虽然有时候看起来像是后者)。莫如说诗人以目光串起看似随机的景观,以游走的视线缝纫起地图的碎片——毕竟,世界地图(mappa mundi)在中世纪拉丁文中的原意是"世界之布"。"万事万物仅仅由'和'与'和'连接……看着看着,直到我们幼弱的视线衰微。"(《两千多幅插图和一套完整的索引》)在这张由目光缝起的地图上,那些线头打着结的地方就是关键事物的栖身之所。毕肖普要求我们跟随她一起凝神观看,虽然她很清楚,它们将永远秘而不宣,隐藏在这世界如画的皮肤深处。"诸多的一月,大自然迎接我们的目光 / 恰如她必定迎接它们的目光"《巴西,1502年1月1日》;"颅骨中,你的眼睛是否庇护着柔软闪亮的鸟儿? ……我将忍受眼睛并凝视它们"(《三首给眼睛的商籁》);"视野被设置得 /(就是说,视野的透视)/ 那么低,没有远方可言"(《纪念碑》);"亚瑟的棺材是一块 / 小小的糖霜蛋糕,/ 红眼睛的潜鸟 / 从雪白,冰封的湖上看它"(《新斯科舍的第一场死》);"他跑,径直穿过水域,察看自己的脚趾——莫如说,是在观察趾间的沙之空间"(《矶鹬》);"我盯着看,盯着看……直到万物／都成为彩虹,彩虹,彩虹!"(《鱼》)全部的诗意就在于观察者目光的结点,而海洋、天空、岛屿、地图、地理学、北与南间辗转的旅程,也全部借由一对穿针走线的眼睛,细致而坚固地缝入、缝成我们的灵魂。

这不由得让人想起哈罗德·布鲁姆关于另一首"睡觉诗"《不信者》的著名观点。布鲁姆认为,《不信者》中的三个角色分别对应着三种类型的诗人:云是华兹华斯或华莱士·史蒂文斯,海鸥是雪莱或哈特·克兰,不信者则是狄金森或毕肖普,"云朵有强大的自省能力,它看不见海,只见到自己的主体性。海鸥更为幻视,既看不见海也看不见天空,只看到自己的雄心。不信者什么也没看到,却在梦中真正观察到了大海"。如果我们采取布鲁姆的提法,那么诗人毕肖普、隐者毕肖普、"不信者"毕肖普,恰恰是躺在最匪夷所思的地方,以最不可能的姿势,以她终身实践的"忘我而无用的专注",窥见了我们唯一能企望的真实:

他睡在桅杆顶端
眼睛紧紧闭上。

海鸥刺探他的梦境,

这样的梦:"我绝不能坠落。

下方闪耀的大海想要我坠落。

它硬如金刚钻;它想把我们全吞没。"

补记

这个中译本采取的底本是Farrar, Straus and Giroux为纪念毕肖普一百周年诞辰出版的两卷本《毕肖普诗歌散文全集》之《诗歌卷》(*Poems*),由同样获得过古根海姆奖的美国女诗人萨丝琪亚·汉密尔顿(Saskia Hamilton)出任编辑。《诗歌卷》不仅含毕肖普生前删定的《诗全集》(1969)以及此后出版的《地理学III》的全部内容,还收录了她整个写作生涯期间未结集的诗作,仅以手稿形式存世的少作集《埃德加·爱伦·坡与自动点唱机》,以及她译自法语、葡萄牙语、西班牙语的诗歌。此书于2011年出版后即取代1983年FSG版《诗全集》,成为迄今最权威的毕肖普诗歌完本。除却译作不收，中译本包含《诗歌卷》的绝大多数内容，并原样保留分辑标题。与此同时，本书编辑经与译者商定后，为原书中"新诗"与"未收录之作"（辑四、辑六、辑七）加上了标题。

中译本脚注分两类：一小部分特别注明为"全集注"，译自2011年汉密尔顿版《诗歌卷》脚注；其余未作标明的均为译注。体例所限，无法逐条标出写作译注过程中查阅的资料，在此仅举几本比较重要的著作，供有兴趣的读者进一步阅读。它们包括：罗伯特·杰鲁（Robert Giroux）所编《一种艺术：毕肖普书信集》（*One Art：Letters*，1994），其中收录了五百多封毕肖普写给玛丽安·摩尔、洛威尔等人的书信，日期从瓦萨学院时代直到她去世当天，可以说是我们了解毕肖普其人最可靠的一部"传记"；哈罗德·布鲁姆所编论文集《现代评论：伊丽莎白·毕肖普》（*Modern Critical Views：Elizabeth Bishop*，1985）为理解许多诗作的写作背景提供了翔实资料；此外，巴西女作家卡门·奥莉薇拉所著传记《罕见而寻常之花》（*Flores Raras e Banalíssimas*，2002）以及上文提到过的书信集《空中词语》（*Words in the Air：the Complete Correspondence between Elizabeth Bishop* and Robert Lowell，2008）也是两本不可错过的精彩之作。

最后，在翻译策略上，我希望这个译本至少可以做到两点：一是在保证准确的基础上，尽可能还原毕肖普本身的语言风格；二是译诗作为诗歌能够成立。出于第一个考虑，我没有对原诗的语言做过多归化，没有试图使之"温暖治愈，平易近人"，因为这些品质本来与毕肖普无关。在不明显影响汉语表达效果的地方，也尽量保留了原诗的句序、分行、韵律，力求减少对原文的偏离。而第二个考虑，我只能将它交付给自己作为一个习诗者的语感。至于译本是否做到这两点，只能交由读者诸君评判。我希望能以汉语呈现一个尽可能本色的毕肖普，但也明白这类尝试注定充满缺憾。诚盼译本中可能存在的错漏得到方家赐正，使这种缺憾在未来逐渐减少。

2014 年 8 月
都柏林 Rathmines

本文为《唯有孤独恒常如新》译序。《唯有孤独恒常如新》，伊丽莎白·毕肖普著，包慧怡译，湖南文艺出版社 2015 年初版，2019 年再版。原英文诗集标题为 *Poems*（见"补记"），中译本标题为出版方所加。

全部的艺术就在于不要坠落

那是一个古怪的夏天,天气闷热不堪。那个夏天他们把卢森堡夫妇送上电椅,而我不知道自己赖在纽约干什么。对于死刑我有些愚蠢的想法……我老是禁不住去琢磨,电流沿着人的一根根神经烧下去,将人就那么活生生烧死,那是一种什么样的滋味。

按说那该是我一生中最春风得意的时候。

按说美国各地数以千计的像我一样的大学生都应羡慕我的好运。她们梦想的无非是像我这样,穿着某次午餐时间从布卢明代尔公司买来的7号漆皮靴子,配上黑色漆皮腰带和黑色漆皮手袋,脚步轻捷地招摇过市。

瞧瞧,他们会这么说,这个国家什么奇迹都会发生。一个在某个犄角旮旯的小镇上生活了19年的女孩子,穷得连一份杂志都买不起,拿着奖学金上了大学,然后这儿得个奖,那儿又得个奖,最后呢,把纽约玩得滴溜溜转,跟玩她的私家车似的。

只是我什么都玩不转,甚至驾驭不了我自己。我只是像一部呆头呆脑的有轨电车，咣当咣当地从酒店到办公室到形形色色的晚会，又咣当咣当地从晚会回到酒店然后再到办公室。我琢磨着我应该像其他女孩一样兴高采烈，可我就是没法做出反应。我觉得自己好似龙卷风眼，在一片喧嚣骚乱裹挟之下向前移动，处在中心的我却麻木不仁，了无知觉。[1]

这是自传体小说《钟形罩》(*The Bell Jar*)的开篇，写于西尔维娅·普拉斯（Sylvia Plath, 1932—1963）逝世前两年，说的是她大三暑假被权威女性杂志《淑女》(*Mademoiselle*)选中去纽约任实习编辑的事。从纽约回家后，二十一岁的普拉斯钻进自家地窖吞了安眠药——此后一系列不成功的自杀尝试中有医院记录的第一宗——三天后奇迹般被救醒。想象中"一生中最春风得意的时候"成了一生噩梦的开端。

第一次读到《爱丽尔》(*Ariel*, 1965) 这本诗集时我还没有读过《钟形罩》，要不然我大概能从中得到一点慰

---

1 《钟形罩》译文均引自杨靖译本，译林出版社2002年版。

藉，假如同情——情同此心——也能算一种慰藉的话。彼时我和普拉斯一样刚满二十一岁，类似地，大四第一学期我被选去了时代华纳公司，在亚特兰大有线电视新闻网国际频道纪录片组任实习编辑。一如《淑女》对普拉斯，尽管东家提供了一切可能的便利——排得满满的研讨会和圆桌谈话，与华纳旗下一线媒体的合作，手把手教剪辑和制片的督导，东西海岸十个城市的旅游，歌剧和百老汇戏票——我却懊恼地发现，我对努力争取来的工作机会爱不起来，对活色生香的社交生活爱不起来。一切都和想象的不一样，我的所谓的新闻梦每天都被摔碎一小片，而我有理由相信问题的根源都在我自己身上。渐渐地我每天需要五六次 coffee break，借此逃离陀螺般飞转的节目组来到顶楼的员工休憩室，站在灰蒙蒙的落地窗边，俯瞰对面的奥林匹克公园和世界可口可乐中心，手指在玻璃上划来划去。我想我一定是哪儿脱了线，在我尚且看不见的地方。

"你对工作不感兴趣吗，埃斯特？"如果我的督导像《钟形罩》中的杰西那样向我抛来这个问题，我想我一定会当场崩溃。"平生第一次我觉得自己简直就是个废物。问题是，我一直都是个废物，却从来没有自知之明。我唯一擅长的是赢奖学金和奖品,这个时代快要结束了。"埃斯特坐在联合国大厦的隔音间,手足无措地看着眼前两名各怀绝技的同声传译,得出这样的领悟。而我每天下班后在电视台底楼的沃登书屋漫无目的地逡巡,除了一本接一本地买书,以及回家趴在整个冬天都不见火苗的假壁炉上一行接一行地涂抹幼稚的诗行外,心中没有任何值得一提的收获感。

然而,正是在那家沃登书屋里,我买到了这本附有普拉斯手稿与打字稿的修复版《爱丽尔》。[1] 几乎是怀着惊喜的战栗,我很快读完了收入其中的四十首诗,几乎立刻回到第一首细细重读。我知道,我遇到的不仅仅是一个完完全全合我心意的诗人,更是一位艺高胆大、孤注一掷的歌者。

"死亡 / 是一门艺术,和别的一切一样 / 我做得超凡卓绝。"(《拉撒路夫人》)毋庸讳言,死亡是普拉斯永恒而精纯的主题,是她耐心实践的宗教。八岁生日后一周半,普拉斯的父亲,波士顿大学昆虫学教授及蜜蜂专家奥托·普

---

[1] *Ariel*(*The Restored Edition*). Harper Perennial,2004.

拉斯病逝——他得的不过是糖尿病,却断言自己得了肺癌而拒绝治疗,最后腿脚生满坏疽,死于脓毒。父亲之死重重打击了普拉斯,成为她早期及部分后期诗作中萦绕不去的主题,而那只坏死的脚也如幽灵般在《爹地》《波克海滩》等诗中轮番登台,或许内心深处她从未能原谅讳疾忌医、弃她而去的父亲。如果我们相信《拉撒路夫人》的说法,她在十岁那年就首次尝试自杀,二十一岁那年"又做了一次",直到三十一岁那年彻底做成功。[1]

受聘于《淑女》杂志社的那个夏天,从纽约灰心返回波士顿老家的普拉斯进入位于麻省贝尔蒙的麦克雷恩医院(Mclean Hospital,俗称查尔斯顿精神病院)接受休克治疗,半年后病情好转返回史密斯学院,于1955年提交本科毕业论文《魔镜:陀思妥耶夫斯基两本小说中双重性的研究》并以最优等成绩毕业,获得富布莱特奖学金前往剑桥大学纽罕学院深造,并在那儿遇到了日后的英国桂冠

---

[1] 关于普拉斯的童年创伤对其创作的影响,可见海伦·文德勒《与节制的抗衡:西尔维娅·普拉斯的〈爱丽尔〉》,收入其专著《最后的目光,最后的诗集》(*Last Looks, Last books*:*Stevens*,*Plath*,*Lowell*,*Bishop*,*Merrill*. Princeton University Press,2007)。

诗人特德·休斯（Ted Hughes，1930—1998）。接下来的故事人所众知：两人迅速坠入爱河并在写作上相互激发，闪婚、游历欧洲；搬入伦敦查考广场三号的家，女儿弗丽达降生，普拉斯在那里出版第一本诗集《巨人像与其他诗作》；搬去德文郡后生下儿子尼古拉斯；返回伦敦后，休斯与有夫之妇阿西娅·薇威尔（Assia Wevill）发生恋情。1962年9月，普拉斯与休斯分居，携两个孩子搬入菲茨罗伊路二十三号没有电话的公寓，10月她经历了一次创作高峰，共写下二十八首诗，不少后来被收入《爱丽尔》中。整个漫长的寒冬她继续写诗。次年1月，《钟形罩》以维多利亚·卢卡斯（Victoria Lucas）的笔名出版，反响平平。1963年2月11日凌晨，年仅三十一岁的普拉斯在家中开煤气自杀，事先用湿毛巾堵上了两个孩子卧室的门缝。普拉斯死后六年，彼时与休斯同居的阿西娅·薇威尔自杀并杀死与休斯所生的四岁女儿。多年后，普拉斯与休斯之子尼古拉斯在阿拉斯加的家中上吊自杀。抑郁症与自毁情结纠缠了普拉斯家族三代人的一生，《爱丽尔》几乎就是这种情结的载体之一。

比起收入《巨人像与其他诗作》(*The Colossus and*

普拉斯画笔下的特德·休斯

Other Poems，1960）中的早期作品，死亡这一对普拉斯而言无可回避的主题在《爱丽尔》中获得了高度个人化的声音，最歇斯底里也最节制冷峻。这种声音令人想起十四世纪英国基督教神秘主义作家理查德·罗尔（Richard Rolle）和诺维奇的朱莉安（Julian of Norwich），在这两位隐士的作品中，一种高度诉诸感官、情感炽烈到近乎疯狂的语言为"通往上帝的心灵之旅"铺设上升的台阶，类似的语言在《爱丽尔》中服务于相反的方向。十八世纪以来，是沉沦的激情，而非飞升的激情，主宰着我们持久的深梦和最好的文学。普拉斯自小是个单一神论者，她在诗中对正统天主教采取的态度与其说是反讽，莫如说是一种祛魅，仿佛上帝及相关一切不过是经她超现实化处理的千百种寻常物什中的一种，丝毫不比家中的瓶子、盐、牛奶更加惊世骇俗：

……
曝光过度，像一束 X 射线。
你以为你是谁？
一片圣餐饼？脂肪满溢的玛丽？

我才不会咬你的身子,
我容身的瓶子,

魑魅魍魉的梵蒂冈。
我对热盐烦得要死。
你的愿望,绿如阉人
朝我的罪过吐信子。
滚开,滚开,鳗鱼般的触手!

我俩之间什么事也没有。
(《美杜莎》)

也有少数例外,如《高烧103°》。这是一首上升之诗,但绝不是向圣的飞升,却是因禁于自我之钟形罩的舞者踏着火的舞步,试图通过自我封圣来达成自赎的、基于沦陷的上升。普拉斯本人在给BBC的一则广播稿中如此谈论它:"这首诗关于两种火焰——仅带来痛苦的地狱之火,以及淬炼人的天堂之火。在诗中,第一种火渐渐退化成第二种。"

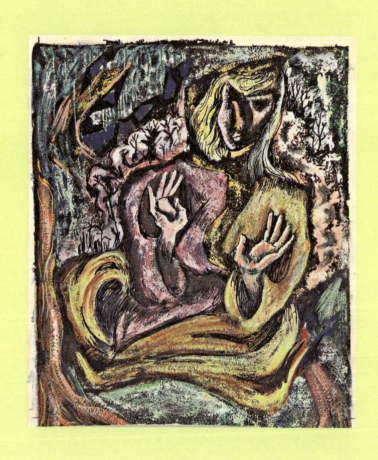

普拉斯自画像,约作于1946—1952年间

我对你而言（或对任何人）太纯洁。
你的身体
伤害我如同世界伤害神。我是一盏灯笼——

我的头颅是一枚
和纸做的月亮，我黄金打造的肌肤
无限娇嫩，无限昂贵。

我的热不叫你吃惊吗。还有我的光。
只身一人，我是一朵巨大的山茶
发着光来来去去，潮红叠着潮红。

我想我正在上升，
我想我可以站起——
热金属珠飞翔，而我，爱人，我

是一剂纯洁的乙炔
被玫瑰照料的

童贞女,

被吻照料,被炽天使,
被这些粉红事物代表的任何事。
不是你,也不是他

不是他,不是他
(我的自我融化着,一群老娼妇衬裙)——
进入天堂。

标题诗《爱丽尔》是另一首上升之诗:

……
我脚跟剥落的雪花

雪白的
戈黛娃,我剥落——
死去的手,死去的紧迫感。

现在,我
起沫成为小麦,数片海域的微光。
孩子的哭声

在墙中融化。
而我
我是箭头,

是露珠,自杀性地
与冲力合而为一
飞入血红的

眼睛,那白昼的坩埚。

普拉斯在BBC广播稿里对这首诗的描述是极简的:"诗名来自我特别钟爱的一匹马。"戈黛娃的形象来自中古盎格鲁-撒克逊传说,至晚在阿尔弗雷德·丁尼生(Alfred Lord Tennyson)的《戈黛娃》(*Godiva*)一诗中已变得不朽。戈黛娃夫人请求丈夫(暴虐无度的考文垂伯爵)体恤怜下,后者答应不再向民众增税,假如自己的妻子愿意光天化日之下裸身骑马走遍全城的话。戈黛娃答应照做,她"逃进深幽的闺房/解开腰带上交缠的鹰饰/那冷酷伯爵的礼物……/……如同夏日的月亮/一半浸没在云中,她旋即摇头/让起绉的鬈发如瀑流洒至膝盖/匆匆脱去衣裳"。爱戴她的市民纷纷躲进家中,好让戈黛娃在空无一人的街上通过,只有一个小流氓在墙上钻了个洞意图偷窥,结果"还没等他如愿以偿,他的双眼/在颅腔里皱缩成一团黑暗/滚落他面前"——俗语"偷窥的汤姆"(Peeping Tom)就是这么来的。一如丁尼生的戈黛娃脱去丈夫赠送的象征婚姻束缚的衣饰,普拉斯的"我"亦不断剥去外在的约束:飞驰而过的犁沟与莓果、脚跟的雪片、死去的手、死去的紧迫感,直到和腾跃的马儿合为一体,成为飞逝的箭头,自杀的露珠,冲入太阳的核心旋即蒸发无踪:"眼睛,那白昼的坩埚。"这首诗中"黑鬼的眼睛""现在,我""而我""飞入血红的/眼睛",这四个贯穿全诗,轮番被拖长的"我—眼"(I-eye)之音堪为诗集《爱丽尔》奠基,也堪为自白派奠基。自白派的批评者往往诟病其暴露狂式的自怜自哀:"我"用"眼睛"观看并且在万物中只看见自身,"我"也许憎恨这样但别无他法,除此之外没有其他方式可拉近"我"与这个世界的距离——眼睛是"我"的阿喀琉斯之踵,也是"我"唯一的红色英勇勋章。若说丁尼生以浪漫主义大祭司温柔华美的修辞塑造了一个月之戈黛娃,普拉斯就是用极简的修辞和高浓度且高度节制的情感力量塑造了一个日之戈黛娃:暴烈、孤注一掷、彻夜奔向黎明、向死而生——戈黛娃与爱丽尔合体就是人马星座,在空中永久绷紧着弓弦,等待再度降临的黑夜彰显"我"动态的永恒。

仍在世的最出色的诗评家之一海伦·文德勒(Helen Vendler)指出,后期的普拉斯对诗中那些戏剧化的主人公做了有趣的改造,她制造了一种冲突,其中"无法对主人公及其对手进行清晰的道德分界,普拉斯自己很少能扮演无辜受害者的角色"。没错,如果说存在一种纯粹精神层面的、弱者的复仇,那么它至少和弱者的受害妄想一样真实。在《拉撒路夫人》中我们看到这样的逆袭:"噢,我的仇敌。/ 我令人恐惧么?——/ 鼻子、眼窝、一整排牙齿?……所以,所以,医生先生。/ 所以,敌人先生啊。/ 我是你的杰作,/ 我是你的珍宝,/ 融化成一声尖叫的 / 你的纯金宝贝。"诗人马雁称之为一种共谋关系,"基于一种不被对方当做一个人来对待的感觉,却不直接抱怨,而是进一步把自己物化"。这种潜在的、指向自身的共谋意识最终飙升定格为一个赤裸裸的、指向他者的复仇者形象,几乎满怀威胁:"上帝先生,路西法先生 / 小心 / 小心。/ 从灰烬中 / 我披着红发升起 / 吃人如空气。"

需要留意的是,对于普拉斯这样高度"在场"的诗人而言,自传式解读虽然通常有效却也极易被误用,在一些批评家那里它甚至发展到了不考定精确到天的写作时间就无法分析文本的无趣地步。比如在这首《拉撒路夫人》中,"敌人先生""路西法"常被自动代入为彼时与普拉斯分居的特德·休斯,如果采用自传式解读者的方法,"仇敌"也同样可以是负责为她治疗抑郁症的约翰·霍德医生——两种假设在时间上同样成立——或是自二十一岁那年夏天自杀未遂被送入精神病院以来不断在她生命中出现的所有医生们:冷漠、自负、高人一等、视患者为摔碎的傀儡,熟悉《钟形罩》的读者会立即想起其中的戈登大夫。《爱丽尔》是一张绷紧在临界状态的小弓,发射出浸淫着(令一些读者尴尬的)恨意的箭镞,唯其目标——医生、丈夫、爸爸、上帝、随便哪个隐形的男性迫害者——绝不可能被

伤害。普拉斯大概十分清楚这点,她那看似失控的宣泄恰恰在指向一个早在坟墓里安睡了多年的对象时最为可信:"每个女人都崇拜一个法西斯,/踩进脸的靴子,野蛮/像你这样的野蛮人的野蛮之心……爹地,爹地,你这个贱人,我受够了。"(《爹地》)受虐者与施虐者的形象在她那里几乎成为一种原型,变奏着翘曲着,沿着死之欲望持续加速的螺线圈,噼噼啪啪溅着火花,在这首名叫《狱卒》的小诗中达到燃点:

我被灌了药,遭强暴。
遭殴打,整整七小时神志不清
进入黑色麻袋
在那儿放松着,管它是胚胎还是猫,
我是他梦遗的操纵杆。
……

他那高高在上,冰冷的健忘症面具。
我如何来到了此地?
犹疑不决的罪犯,

我光怪陆离地死去——

被绞死、饿死、烧死、被钩子刺死。

……

自由绝不可能。黑暗失去了可吃的高烧

该怎么办?

光明失去了可切割的眼珠

该怎么办,他失去了我

该怎么办,怎么办,怎么办。

我们看到的是一个被告缺席的内心法庭。那无助又专横、愈发歇斯底里又不容人不共鸣的悲声,与其说是自白,莫如说是控诉,这控诉并不以讨回公道为己任,只追求感受的精确性,进而发酵成一种疼痛鉴赏法,一套独一无二的伤害美学。我们不必也无权好奇那"狱卒"的原型是否是一个萨德侯爵,诗歌的真实往往在对罪与疼的玩味、透视、放大乃至扭曲中被接近。狱卒与囚徒,窥视者与被窥者,病人与护士,纳粹与犹太人,这些角色组在《爱丽尔》中反复出现,而声音永远属于现实中失语的那一方,较弱的那一方。强者的噤声，或曰强者的缺席在场，是普拉斯诗歌叙事中的常态。

《爱丽尔》中最长的作品、组诗《波克海滩》取材于1962年普拉斯家老邻居波西·基的葬礼，以及他们夫妇二人1961年的一次诺曼底海滩之行——那儿坐落着一座专收癌症病人和重度伤残者的医院，天气好的时候，有条件的病人可以沿着海边漫步。在这首由七组十八行诗（每组包含九个双韵对句）组成的长诗中，普拉斯第一次将聚焦点从自己的死欲转向他人的死亡，转向非自为的死亡，视域也从内心世界转向外部，从长镜头转成了广角。一如文德勒《与节制的抗衡》中所言，"作为艺术家，普拉斯直白地渴望四样东西：诚实的洞察力，清晰的分析，节制的表达，以及道德力量"。可以说是在《波克海滩》中，她头一次同时实现了这四点：

这些酸橙叶不自然的瘪平！——
经修剪的绿球，树木们迈步走向教堂。

……

当一片天空,被备用的微笑蛀空,

天空飘过,一朵云接着另一朵。
新娘的花束耗尽了新鲜,

灵魂是一位新娘
在一处沉静之地,而新郎红彤彤又健忘,没有五官。

从2006年秋天在稿纸上翻译当时最喜欢的《夜舞》一诗,到今年春天最后一遍改定电子稿,七年光阴一晃而过,让我自己也有些难以相信。四十首诗译了七年,说起来实在不好意思,那一沓横纹信纸如今已经破损不堪,上面的钢笔字已有多处被水渍化开而难以辨认。然而这份译稿陪我走过了许多地方,在火车中,飞机上,或者随便哪个虚弱的时刻,重读并修改《爱丽尔》译稿成了我的习惯,而这些灵光诡谲的诗句从不曾在复读中失去魔力,却一次次使我惊喜于其中蕴含的音、画、义及情绪上的多重能量。一如普拉斯的女儿弗丽达所言:"它们是非此世、使人不安的风景之诗……她将每一段情感经历都当做一块可以拼接起来制成华服的原材料,没有浪费她所感受到的任何东西,在她能控制那些暴雨雷霆的情感时,她能够集中和引导令人难以置信的诗艺能量……如她一般不稳定地处在反复无常的情绪和悬崖边缘之间。全部的艺术就在于不要坠落。"

全部的艺术就在于不要坠落。然而尘世间,可还有比坠落更大的诱惑?蛊惑伊卡洛斯飞向致命的太阳的并非升华的欲望,而是更晦暗更有力的堕之欲,沉沦之欲。于是一半是飞天者伊卡洛斯,另一半是游水者斯温伯恩,"用诗歌学会刚强有力"。《爱丽尔》这个诗集名最终有了普拉斯本人解释之外的含义:莎士比亚《暴风雨》中的爱丽尔,"神之狮子"爱丽尔,既是风之精灵也是地仙。飞升与坠落之间,是这残酷却也值得拼上性命活一遭,活出美与尊严的世界。我认为普拉斯至死不曾放弃这种努力,自杀只是一个输给了悲伤的瞬间。实际上,《爱丽尔及其他诗》的风格始终是"身后的"(posthumous),但这声音却在生前早已练就,若她活了下来,这声音也必不至中断。

八月的一个傍晚,我来到伦敦摄政公园,站在月见香山(Primrose Hill)查考特广场三号门前。那是一栋墙壁

普拉斯与休斯在查考特广场的家,作者2013年摄于伦敦

漆成粉紫色、立柱和门窗雪白的三层小楼，一眼就可以看见英国遗产署颁发的那块圆形蓝色纪念匾："西尔维娅·普拉斯（1932—1963），诗人，1960—1961年间住在此地。"门口的铁栅栏已经坏了，庭院里杂草丛生，葳蕤的月桂叶片遮挡了视野，还有深粉色和黄色的小花在栽倒的花盆里兀自生长。我正在纳闷这栋房子是否还有人居住，一个消瘦的学生模样的年轻人把自行车停在了门前，原来他是三楼的现任房客（普拉斯与休斯当年租下的是二楼）。他告诉我，一楼二楼的房客都举家旅行去了，房东（某哲学系教授）常年不在，他又不擅园艺，院子就变成了草堂。"我得做点什么，"他自嘲地抓着后脑，看着那扇倾颓的栅栏。人们曾经反对把纪念匾安在这里，而提议移到五分钟步程开外的菲茨罗伊路二十三号。成年后同样成为诗人的女儿弗丽达·休斯（Frieda Hughes）在修复版《爱丽尔》序言中有这样一段回忆：

> 这（查考特广场三号）才是她真正生活过的地方，她在那儿快乐且多产……然而，英国国内的媒体对此事大为光火——在揭幕当天，我甚至在街上被一个男人拦下，坚

持说匾额安错了地方。"牌子应该放在菲茨罗伊路！"他嚷道，报刊媒体也附和这种声音。我问其中一个新闻记者，这是为什么。他们回答："因为那里是你母亲写下她最杰出作品的地方。"我解释道，她只在那儿住了八周。"很好，那么……"他们说："这是她身为单亲妈妈的地方。"我告诉他们，我不知道英国遗产署专给单亲妈妈颁发蓝色纪念匾。最后他们不得不承认："因为那是她死去的地方。"

"我们已经有墓碑了，"我回答："我们不需要另一座。"

我不愿母亲的死被当作一种奖励一般来纪念。我想要纪念的是她的生命，她存在过，尽其所能地活过，有快乐也有悲伤，饱受折磨也欣喜若狂，她生下了我弟弟和我，我想要纪念的是这个事实。我认为母亲的作品灵光闪耀，而她为了与终身纠缠她的抑郁症作斗争的努力又是那么勇敢。

说得真好。

我自然也经过了菲茨罗伊路的住所。那也是一栋三层连体楼,当年的土褐色外墙被漆成冷冷的藕荷绿,上面挂着属于叶芝的那块蓝色纪念匾(普拉斯从查考特广场三号搬出后选择了这里。"那是叶芝的房子,"她说,"是个好兆头。"),整栋楼被冰冷的钢筋脚手架包围。所有的窗洞都一片漆黑,不过,透过地下室临街窗口的昏黄灯光,可以看见一张空空的桌子,桌边背朝我蹲着一只黑猫,影影绰绰,让人不安。我想起了她在 BBC 广播稿中的自述:"我的这些新诗有一个共同点。它们都写于凌晨四点左右——那个寂静,幽蓝,几乎是永恒的鸡鸣前的时辰,婴儿啼哭前的时辰,送奶工在安置奶瓶时发出玻璃乐音以前的时辰。"也是在凌晨四点,在那个水管都冻上的寒冷二月,她把头伸进了幽蓝的瓦斯。相比之下,查考特三号的粉紫色小房子看起来十分温暖,正对着一个小小的方形公园,孩子们在蜂蜜色的夕阳里荡着秋千,猫在长椅上打盹,糖果色气球在草地上缓慢地滚动。

蜂巢可会活下去?剑兰可会

成功贮存火焰

而迈入新年?

普拉斯在菲茨罗伊路最后的家，作者2013年摄于伦敦

普拉斯墓,作者2017年摄于西约克郡海普斯顿霍尔

那些圣诞蔷薇,尝起来滋味将如何?

蜜蜂正蹁跹。它们尝到了春天。

(《过冬》)

真希望她能看到这一切。

2013 年夏

都柏林 Seamount

补记

2017 年 7 月初,我和诗人朋友哈利·克里夫顿一起,驱车前往特德·休斯出生的英国西约克郡乡村海普斯顿霍尔。在诸多徒劳的迷路和问询之后,我们终于站在了荒草及膝、墓基轻微开裂的普拉斯墓前。那是一座新墓园,隔壁的教堂墓地正举行社区摇滚节,对自己的美貌毫不在意的少女们盘腿背靠着墓石咀嚼三明治,小孩子们叉开腿骑在一座座雕着天使的石棺上。休斯的家人在半个多世纪后依然未能接受这个因自杀而让休斯背上终身骂名的媳妇，将她迁出了家族墓地（休斯本人已于1998年去世）；而她的部分读者则至今未能原谅休斯，仍从世界各地涌来，一再从她的墓碑上用刀片刮去他的名字（上面刻着他为她选的墓志，出自《西游记》的句子）——没有比这更荒唐的文化偶像崇拜的方式了，就像她自杀后迅速围绕她兴起的造神运动一样荒唐。弗丽达明白这一点，真正懂得她诗歌珍贵之处的读者也明白这一点。只有死者有权谅解生者，而有权宽恕死者的，在神之外，惟有诗歌本身。

新版的《爱丽尔》中译本是完全遵照普拉斯生前意愿进行排序的——全书的第一个词是"爱"，最后一个词是"春天"。

2019年6月

上海

本文为《爱丽尔》译后记。《爱丽尔》，西尔维娅·普拉斯著，包慧怡译，南海出版公司2015年版/2019年江苏凤凰文艺出版社版。

奥斯特的叙事遁形术

保罗·奥斯特（Paul Auster，1947—　）的第十五部小说《隐者》(*Invisible*，2009）有一种表面的轻盈：更加生脆、洗练、从容的文字，更清晰的叙事框架，更多可读性——太好读，以至于你会疑心它不够好。这种具有欺骗性的轻浅正是冷静自律的结果。《隐者》不是那种可以令人掩卷时长舒一口气的作品，也绝不仅是一部精致版的《罗生门》。它是一条咬住自己尾巴的长蛇，你找不到圆环的起点；它那漩涡状的叙事有一个安宁的台风眼，所谓"隐者"，恰恰栖居在这看不见的中央。

一如奥斯特的其他几本小说，《隐者》书中有书，故事里套着故事。故事的核心部分是由三个叙事者相继讲述完毕的：《春》中的亚当·沃克（第一人称），《夏》中的亚当·沃克（第二人称），《秋》中的吉姆·弗里曼（第三人称，由吉姆根据此时已去世的亚当留下的手稿改写而成），《冬》中的——不，没有《冬》，冬是隐形的，只有冬的寒意长存于冰冷单调、永无休止的击锤声中——第四部分中

隐者
INVISIBLE

〔美〕保罗·奥斯特 著
包慧怡 译

PAUL AUSTER
保罗·奥斯特作品系列

人民文学出版社

的塞西尔·朱恩（第三人称）。其中《春》《夏》《秋》合起来便构成了亚当没能写完的回忆录《1967》，那些随亡者逝去的秘密则由塞西尔在日记中补充完整。或许应该在"亚当""吉姆""塞西尔"上打引号？第四部分伊始，吉姆就告诉我们，《1967》中所有的人名和地名都已经篡改过了。随着故事的不断展开，我们脚下自诩为真实的台阶被一级一级抽空，我们对每一个叙事者的信任也逐一瓦解，直到我们被抛入一扇反转之门，一座迂回的镜宫——究竟谁是真正的隐者：那个不是亚当的亚当？不是波恩的波恩？不是吉姆的吉姆？他们一个接一个地被假名替代、蒸发、成为幽灵，实相化作影像，场景化作蜃景，人人都是说谎者，人人都是勾引家，人人都躲藏在一个故事/一本书的面具之下，奥斯特似乎在不无反讽地暗示着，惟有在阴影幢幢之地才可能稍稍接近真实。

和奥斯特前几年的某些小说不同，结构上的匠心并未使《隐者》显得文胜质，书中人物也并非用来试验作者种种认识论立场的乐高玩具，而是真正倾注了作者的感情，真正与作者情同此心——《隐者》中几乎每个人物都是如此，连波恩也不例外。事实上，亚当在写作《夏》时遇到的"作家阻塞症"很可能是奥斯特本人再熟悉不过的,而通过尝试吉姆"改变人称"的建议,亚当和奥斯特拯救了各自的写作。

"通常,被阻塞的情形来源于作者思考中的一个缺陷——也就是说,他不完全理解自己想要说的东西,或者,说得委婉些,他对主题采取了错误的处理方式……用第一人称来写自己时,我压抑了自己,使自己成为隐形人,因此就无法找到所要寻找的东西。我需要把我从我自己身上分开,后退一步,在我和我的主题(也就是我自己)之间雕刻出一块空间,于是我回到第二部分的开端,开始以第三人称书写。"在这一意义上,《隐者》又是一本关于小说写作的元小说。和这一文类中的许多作品不同,《隐者》读来毫无学究气,那些把它归为智性小说的评论家其实低看了它,《隐者》首先是通过血肉匀停的故事打动我们的,正如奥斯特首先是个说故事的能手,哪怕他或许永远成不了"正典"作家。

"隐者"——直译为"看不见的事物"——究竟是什么?奥斯特没有采用粗俗的点题法,而是将一幅闪光的地图剪碎,看似漫不经心地抛掷在叙事的湍流中。开篇不久,亚当如此描述波恩的脸，"一张寻常的面孔，一张在任何人群里都会隐形的面孔"；给吉姆的一封信中，亚当称奥克兰和伯克利的族裔居住区里的黑人和其他弱势群体是"看不见的人"；吉姆在从旧金山到纽约的飞机上回想着1967年的糟糕日子，感到"一个看不见的美国在我下方的黑暗中沉睡着"；最后，当塞西尔逃离孤岛奎利亚上波恩的大本营"月亮山"，她听见了金属与石头冷酷而浮夸的合奏——"每把都以自己的节奏运动，每把都被锁在自己的韵律中"——却看不见声音的来源，即便在一切水落石出之后，一只看不见的手也将永远起落于塞西尔的颅中，永远叮叮当当地敲凿着石头。

而看不见的远不止这些。亚当在《夏》中对与姐姐格温的不伦之恋的回忆和格温本人的回忆完全对不上号，两人都声称自己道出了真相。也许的确如此。我们的记忆是个惯于擅自筛选的黑洞，我们无从了解它运作的机理——为何保存这些，屏蔽那些，又自动改写那些——它却使我们成了无动机的撒谎者，并且各自问心无愧。这个尘世的万花筒啊，不要轻易摇晃它，别把眼睛迫切对上那许诺了确定性的窥视孔。

假设亚当在《夏》中写出了事情的本来面目，奥斯特仍通过亚当的写作活动对自己和所有小说写作者提出了一个重大问题：我们该如何书写生命中重要的故人，同时又不书写他们？该如何诉说一个秘密，但秘密还是秘密？那些最初促使我们提笔写下故事的人，那些如今早已淡出我们生命的鬼魅，只要他们尚在同一个世界上呼吸着，我们又怎可能避免遭到误解，我们的作品怎可能不被看作单方面对真相的修正、对共同经验的重新阐释、自我辩解、个人潜意识的外化？我自己从未能解决这些问题，它们像一挂湿漉漉的蛛网，缠住写作者的心智，令我瞻前顾后，踯躅难行。而奥斯特通过书中之书《1967》提供了一种苦涩的慰藉：这一切都不可避免。写下就是暴露自己，写下，然后被指认——这就是小说家的命运。每个人都只能看见自己想看见的东西，说故事的人对此无能为力。

反过来，对著书者身份的竞争——对讲述者、大写的"我"字的竞争——也一直是贯穿于奥斯特作品中的重要主题，比如《密室中的旅行》里的茫然先生、范肖、特劳斯（Trause，"Auster"的字母重组，奥斯特的哈哈镜像？），比如《隐者》里的亚当和吉姆，波恩和塞西尔，当然，还有奥斯特本人。写作意味着主体性,而成为书中人物就是被客体化,被阉割,被没收存在权,因为在书页阖上的刹那,你就被迫噤声。

回应这一主题的作品可以回溯到乔斯坦·贾德《纸牌的秘密》、博尔赫斯《莎士比亚的记忆》、刘易斯·卡罗尔《爱丽丝镜中奇遇记》——在镜子背面的世界里,史上最帅的怪叔叔、萝莉控、摄影师、数学家、伪童书作者卡罗尔让红骑士和爱丽丝争夺做梦者的身份,因为做梦意味着存在,而被梦见者将随着做梦者的醒来不可避免地销声匿迹。当波恩要求塞西尔以小说的形式代写他的自传,塞西尔的回答是:"我为什么会对帮别人写书感兴趣呢?我有自己的工作要做。"不过,谁知道呢,也许被关入白纸也并不那么糟糕,至少那儿存在一种表面的确定性,词语本身绝非隐者,而言辞之树常青。一如奥斯特所写:"作为另一种意识的臆造之物,我们将比创造我们的意识有着更久远的生命力。"

《隐者》中我最喜欢的人物是将吕柯弗隆的《卡珊德拉》从古希腊语译成法语的塞西尔。这篇晦涩的长诗也曾出现在奥斯特的处女作、半自传体的《孤独及其所创造的》

中：每隔一百年左右，神秘的罗伊斯顿男爵会在某人身上附体，把这首写于公元前三百年的古希腊长诗翻译成另一种语言；一如卡珊德拉疯狂的预言永远没人相信，吕柯弗隆疯狂的作品也永远没人阅读，"于是这是项无用的任务：写一本永远合着的书"。罗伊斯顿男爵的幽灵在《隐者》中附身于一个孱弱、神经质、落落寡合的天才少女，塞西尔身上有种奇特的悲剧性，她平庸的结局比亚当的更令我难过。吉姆如此评价晚年的塞西尔："尽管她在狭窄的学术研究领域是个成功者，她一定明白她为自己选择了怎样一种奇怪的生活：禁闭在图书馆和地窖的小房间里，埋头于逝者的手稿，一种在无声的尘埃之领域里度过的职业生涯。"永远在一盏孤灯下翻阅古卷的现代隐士，这正是奥斯特长于刻画的那类人。虽然生活在此世，他们的心智更贴近中世纪修道院的缮写室。

一如奥斯特笔下所有那些沉默的译者——无论是《幻影书》中翻译夏多布里昂《墓后回忆录》的齐默，还是《孤独及其所创造的》和中靠翻译维生的 A，或是《隐者》中翻译普罗旺斯诗人贝特朗·德·波恩的亚当。作为抵御或者维护孤独的工具，翻译是一项将我们拉近地面的活动，一种谨小慎微、耐心而谦卑地把握世界的方式,能够赋予我们可贵的安心。

充盈于全书中叙事的暗面、意象的环形山、可能性的滑动门虽然赋予了《隐者》更加轻捷的结构,呈现在其中的却是一个变重了的奥斯特,一个和以往不一样的奥斯特。

2011 年 4 月
上海

本文为《隐者》译后记。《隐者》,保罗·奥斯特著,包慧怡译,人民文学出版社 2011 年初版,2018 年再版。

鸟之轻，羽之轻

她的世界是细羽毛、鹦鹉螺、尖尖的雉堞、铸铁蔷薇、鲸鱼耳骨。

她的语言是结晶体,有着精确的琢面,在每一个漫不经心的钟点折射来自八方的光线。

她的书是一本合不拢的书,一件折纸手工。冬天可以用作暖气片,风天可以折灯笼,旅途上可以用作手风琴,看完了可以拆成一副扑克;它会随着你看书的态度睡着或勃起;你还可以用虚线在每一道折边上画一只戴荆棘王冠的狐狸。然而不可以轻薄它,谁知道呢,下一秒钟它可能就会窸窸窣窣地蜷起身子,皱成一团,从你的手心跳到椅子扶手上,蹦到地上,被一阵应声而来的晚风刮到随便什么地方去。

她因她的聪明而臭名昭著。

玛格丽特·阿特伍德(Margaret Atwood, 1939—)本质上是个诗人,从1961年的处女作《双面佩瑟芬》(*Double*

Persephone）到2007年的《门》(*The Door*)，四十多年间陆续出版了近二十本诗集。她所写下的最好的小说是诗人的小说，最漂亮的散文是诗人的散文，而她最灵丽诡谲的一部分诗则要去她的叙事小品中寻找。《好骨头》(*Good Bones*, 1992)就是这样一本小品集。

轻些，再轻些

天使以两种形象现身：坠落型和非坠落型。自杀天使属于坠落型，她穿越大气，堕及地表……不管怎么说，这是一场漫长的坠落。在空气的摩擦下，她的脸熔化着，如流星的肌肤。这就是自杀天使如此安详的缘故。她没有一张堪作谈资的脸，她的脸是一枚灰色的卵。她没有义务，尽管坠落之光常驻。(《天使》)

失血使她坠入梦境。她栖息在屋顶上，弯折起一对黄铜翅膀，戴着优美的蛇形头饰的脑袋缩在左翅膀下，她像

[阿特伍德作品]

好骨头

包慧怡 译

河南大学出版社
HENAN UNIVERSITY PRESS

一只正午的鸽子那样打着盹儿,除了脚指甲外,全身上下无懈可击。阳光渗动着流经天空,微风如温暖的长丝袜,波浪般拂过她的肌肤,她的心脏一张一舒,犹如防浪堤上的水涛。倦怠如藤蔓般爬过她的全身。(《坏消息》)

我想说明阿特伍德的文字具有轻之美德。"像鸟儿那样轻,"保罗·瓦莱里如是说,"而不是像羽毛。"古埃及人的狼首神阿努比斯调整天平,左托盘盛着死者的心脏,右托盘盛着鸵鸟羽毛,以此决定死者灵魂的归宿。羽毛的重量等同于无负荷的良心、纯粹的公义,羽毛之轻是苛刻的、单一的,或者几乎——是无趣的。瓦莱里自然明白鸟儿正是由无数的羽毛组成,然而鸟儿并不仅仅倚仗风的浮力。每个黄昏擦过淡橘色、赭色和玫瑰紫色云块的那些鸟儿啊,它们在苍穹中绝非无所作为。

阿特伍德之轻便是这样一种忙碌的、充满变数的轻,我想到的是蜘蛛。那些悬在半空中的亮闪闪的刺绣看似吹弹可破、了无重心,其实却互相依附,彼此攀援,确凿而稳固地通往每个方向。

她热衷于描绘那些具有轻盈形体的,在空间中不具有恒定位置的事物：天使、消息、蝙蝠、冷血蛾、外星人、麻风病人的舞蹈。然而她的轻并不仅仅在于这些具有象征性价值的视觉形象。她的轻首先在于留白。

留白意味着意外的空间，这是一种邀请读者加入的写作。《好骨头》几乎没有讲述任何一个完整的故事，有的只是丰满的情境。《外星领土》的第六部分是对广为人知的"蓝胡子"童话的改写："不管你信不信，这个妹妹其实是爱着蓝胡子的，尽管她知道他是个连环杀手。她在宫殿里四处游荡，对珠宝和丝绸衣裳不闻不问，成堆的金子看也不看。她翻检了药箱和厨房抽屉，想要找出通往他的怪癖的线索。因为她爱他，她想要理解他。她也想要治愈他。她觉得自己有医疗的天赋。"抛弃了原先战战兢兢、惟求自保、满肚苦水的受害者形象，这个敢爱敢恨的崭新的妹妹结局如何？好奇心能杀死猫，她当然还是会打开那扇禁止之门。门里，阿特伍德说，门里是一个眼睛睁得圆圆的死孩子，蓝胡子的小孩。蓝胡子当然还是会发现这种背叛行径，此时天色突然暗下来，地板竟消失不见，而她却比往常更爱他了，"我们这是要去哪儿？"她问。"更深处，"他答。

故事至此戛然而止，我喜欢这月蚀般的结局。可以为

它补上一千种可能性，但我疑心这么做徒劳无益。阿特伍德疏松的叙事和恰到好处的停顿使我在那一刻——不偏不倚，就在短短九百字终止的地方——几乎有一点爱上这个崭新的蓝胡子：隐忍、安宁、疲倦，一团正在耗尽自己的蓝色火焰。

阿特伍德之轻还在于点染。她从来不是一位工笔画大师，她所擅长的是暗示：把语言变得轻逸，通过似乎是失了重的文字肌理来传达意义，让被遮住的色彩缓慢而曲折地浮现。她因此也是宏大叙事的能手，她的羽笔没有被宏大叙事的美杜莎之眼石化，在处理高度抽象而意义非凡的主题时，她自有举重若轻的从容。比如《历险记》中对人类终极追求的描写：

此时在他们前方，那颗人人向往爱慕的、硕大的、通体晶莹的行星泳动着扑入了眼帘，像一枚月亮，一颗太阳，一幅上帝的肖像，圆满，完美。那是目标……胜利者进入了行星的巨大圆周，被天堂柔软的粉红色大气吞没了。他下沉、深入、蜕去了那层束缚人的"自我"之壳，融化，消失……世界缓慢地爆炸着、成倍增加着、旋转着、永不停息地变幻着。就在那里,在那沙漠天堂中,一颗新孵出的恒星闪耀着,既是流亡所,又是希望之乡,是新秩序、新生的预告者,或许还是神圣的——而动物们则将重新被命名。

或是《硬球》中对我们共同的未来的描写:

这未来是多么圆满,多么坚定地荷载着重物!多么精湛!尤其对那些能支付得起代价的人而言,它饱含着怎样的奇迹!这些是选中之物,你将会通过果实了解它们。它们结出草莓、小李子或葡萄,它们的果实可以种植在水培蔬菜或吸收毒素的观赏植物旁边,可以种在相对狭小的空间里。

点染是一场围堵,从概念的外围向内侵入。表面上我们看到的是一根手指开出花朵,有迷迭香、波斯菊和鸢尾,而在探索花萼和重瓣奥秘的同时,我们对"手指"这一概念也有了了解,围堵的过程就是概念的可能性展开的过程。轻的作者必然要求轻的读者,跟上我,跟上我——但别跟得太紧;轻之读者的纹章是一头眼眸闪烁、吃两口树叶喝一口湖水的麝鹿。

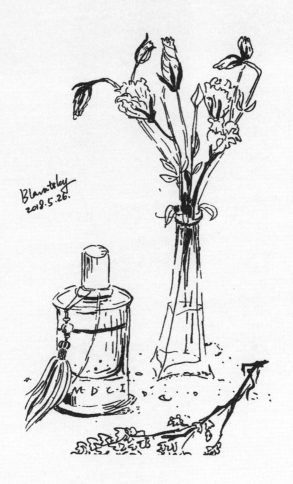

在我们谈论轻的第三种美德之前，不妨读读意大利诗人莱奥帕尔迪《随想录》中的一段话：

> 速度和简洁的风格使我们愉快，是因为它们赋予心灵纷纭的意念，这些意念是同时的，或如此接踵而至，快速得令人觉得是同时的，并使心灵飘浮在如此丰富的思想或形象或精神感觉上，使得心灵要么无法全部逐一充分拥抱它们，要么没时间闲下来……诗歌风格的力量，基本上与速度相同……同时涌现的意念的刺激性，可以来自每个孤立的词，不管是直白或是隐喻的词，也可以来自词的安排、措辞的表达，甚或其他词和措辞的抑制。（黄灿然译）

是的，阿特伍德之轻还在于速度。诗歌倚靠分行和韵律获得节奏，散文和小说亦有自己获得节奏的秘诀。精神速度是高度主观和抽象之物——沙漏和座钟无法记录它，小手鼓和三角铁无法为它打拍子——但对之敏感的人可以在时间的维度上获得逐渐加强的快乐。它就像跳房子游戏，或是银指环套着银指环，第五个连着金指环。这方面的范例可举《猎树桩》,它是我在《好骨头》中最喜欢的篇章之一(另一篇是《三只手》)。

或许你也注意到了,宜人的节奏离不开重复,像策马轻驰过卵石广场,或是夜晚火车轧过铁轨与铁轨的结点。但不是单纯的重复,更像变奏曲,呼应之中有异样处。《猎树桩》以"枯树桩是野生动物最青睐的伪装术"开始,以"躺在溪底的鹅卵石是鱼类最青睐的伪装术"收尾,沿途你乘坐摩托艇、划起小木舟、射击、操锯子、开车招摇过市、剁肉、冷藏、接受挖苦、烤肉——你太过忙碌和专注,以至于没有察觉到时光流逝。有人说:不知所云。当然,当然。然而艺术本没有球门,传球的妙处即是一切,阿特伍德固有攻不破的从容和轻快——正如那句古老的拉丁文格言:festina lente(慢慢地赶)——她传球的姿势好看。

"轻是与精确和坚定为伍,而不是与含糊和随意为伍……就像忧伤是悲哀的一种轻式表现,幽默也是喜剧失去体重的一种表现。"卡尔维诺《新千年文学备忘录》中的这段话或许可以成为阿特伍德风格的最佳注解。在她的世界里,天空是一段微微颤动的飘摇的绸子,而幻想就是那下雨的地方。

看不见的女体

阿特伍德本人拒绝被归为女性主义作家——在这种事情上,本人的意见通常不管用。

而且这不重要。重要的是,在反映女性真实处境一事上,她是做得最聪明的当代作家之一。摇旗呐喊和条分缕析都不是她的选择。歇斯底里她不会,绝对清醒她不要,昏明不定她是。她为自己选定的角色是一面带锈的、略微浑浊的镜子。

女体的基本饰件如下:吊袜带、底裤带、衬裙、背心、裙撑、乳搭、三角肚兜、宽内衣、三角裤、细高跟、鼻环、面纱、小山羊皮手套、网眼长筒袜、三角披肩、束发带、"快乐的寡妇"、服丧用的黑纱、颈饰、条状发夹、手镯、串珠、长柄望远镜、皮围巾、常用黑色衣物、小粉盒、镶有低调的杂色布条的合成弹力纤维连衣裙、品牌浴衣、法兰绒睡袍、蕾丝泰迪熊、床、脑袋。(《女体》)

脑袋是最后一项。这简直是一定的。谁知道呢,或许也不算太坏。

欲望欲望欲望,赶早装饰自己——武装到牙齿不是修辞手法——赶早把自己打点成欲望的对象;诱惑诱惑诱惑,在能够诱惑的时候,不去诱惑是违法犯罪;青春并不稀罕,青春可以被批量生产,阿特伍德自己也说了:"她是一种自然资源,幸运的是,她是可再生的,因为这类东西损耗得实在太快。如今厂家的生产质量已经今非昔比。次品。"

悲哀么?还有更悲哀的。读读《不受欢迎的女孩》,读读《现在,让我们赞颂傻女人》。

从夏娃到霹雳娇娃,没有傻女人就没有故事,没有缪斯,没有史诗和十四行诗,没有文学史。至于聪明女人,她们"睿智的微笑太过洞烛先机,对我们和我们的愚蠢太过了解",她们"不具备可供叙事用的缺陷",她们聪明得"对我们不太有利",从而丧失了身为潜在被征服者的魅力。傻女人的魅力无人可敌,傻女人是全人类的珍宝;而傻男人——好吧,把《现在》中的"傻女"全部替换成"傻男",文章就会分崩离析。

男人们傻不起。

而这也是相对的。《外星领土》是《女体》等文的姐妹篇,阿特伍德开始讨论男体:

我们也可以说,男人根本不具备身体。看看那些杂志吧!女性杂志的封面上是女人的身体,男性杂志的封面上也是女人的身体。男人只出现在关于钱和世界新闻的杂志封面上——侵略战争、火箭发射、政变、利率、选举、医学上取得的新突破——现实,而非娱乐。这类杂志只展示男人的脑袋:面无微笑的脑袋、说话的脑袋、做决定的脑袋——顶多只能瞥见西服一角羞怯的一闪。我们如何能知道,在那些谨小细微的斜条纹衣物下藏着身体?我们不能。或许那下面没有身体。

这将把我们引向何方?女人是附带一个脑袋的身体,男人是附带一个身体的脑袋?或许不是。*得看情况。*"

*或许不是。*而情况是:虽然有着种种约定俗成的不公,男体和女体毕竟互相需要。男体同样具备女体的商品性,而女体也分享男体的虚弱。在笼罩世界的、遍及一切

的虚空中，男体和女体处境类似，被同样的恐怖和无望浸透。《外星领土》的第七部分是二十世纪勾勒两性关系的最了不起的篇章之一。

恋物语

没错，阿特伍德是个恋物癖。什么，你说她不过是对细节有点着迷，对*追踪可能形成的细节*有股子犟劲？读读《三只手》的开篇：

第三只手被放入熊油和赭石，或是木炭和鲜血里捣碎；第三只手栖息在五千年前的岩洞壁上；第三只手在门把上，被涂成蓝色，用来辟邪。第三只手是银制的，配了链子挂在脖子上，拇指打着手势；或是伸长了食指，金制的手腕绑在一根檀木拐杖上，沿着从阿尔法到欧米茄的全部小径摸索着前进。在教堂里，第三只手藏身于圣骨匣，瘦骨嶙峋，要不然就戴满了珠宝；或者，它会从壁画的云朵中突兀地探出头来,这是一只硕大、严峻而郑重其事的手,振聋发聩如一声巨吼:"罪孽!"第三只手或许不那么优雅,甚至是平淡无奇的,刻在金属盘上,朝我们发号施令:"出去!"它命令道,"上来!下去!"

一点一点地,这只手变得日益神奇:恋人们互相握着的不是对方的手,而是第三只手;当场被抓(caught red-handed)的小偷为了逃生不得不割去第三只手,它靠五根手指撑着,像蟹一样痛苦地爬开,拖出阴冷的血痕;魔术师的全部机密在于第三只手。《三只手》还有一个《好骨头》中罕见的、暖色系的结局,这样的结局美好得令人屏息。

《造人》——葡萄干或银珠子做眼睛、会窜上大街给自己搞个纹身的姜饼小人;衣冠楚楚地站在婚礼蛋糕上、面露谄媚的笑容的杏仁蛋白软糖小人;后脑勺绑着迷你风车、配料为熟石膏和自己的丈夫的民间艺术小人……好啦,有多少姑娘能抵制它们的诱惑?

《肩章》——辫状纹饰,金属星星,帽子上的羽毛和绸带,膨胀到史诗那么大的肩章。各国领导人的军装将决定各国的命运,赏心悦目的政治秀,一场视觉系饕餮盛宴。

《天使》——和古典画里的天使不同,和圣诞卡上的天使也不一样,阿特伍德的天使是一组晶莹的蜉蝣,行走于铁钉和煤炭之上,有着阿司匹林的心脏、蒲公英种籽的脑袋、空气做的身子。

她的恋物就如一种地下兄弟会的接头暗号,假如你是其中的一员,不妨轻轻眨一下眼睛。

工具箱

《好骨头》中可以看到大量二十世纪以来西方文学界时髦或时髦过的写作手法和理念:寓言写作、原型写作、意识流、文本解构等等,创作手段上的花哨和炫技是她最常为读者诟病的特点之一。不过,你能忍心责怪她吗?看看她的教育经历:多伦多大学英语文学学士(优等毕业生,副修哲学和法语),哈佛的硕士(拉德克里夫学院,伍德罗·威尔逊奖学金获得者),两次在哈佛攻读博士,终因没时间完成论文而放弃学位(原定博士论文标题:《论英语玄学派小说》)——她在多伦多大学的教授包括原型批评祖师爷诺斯罗普·弗莱。好啦！她读了太多书，你们得原谅她。

因为她使人快乐。没错，《好骨头》是一本高度互文的短篇集，充斥着西方经典文学与流行文学文本间的互相指涉。要读懂《四小段》就要知道加缪，要赏析《格特鲁德的反驳》就要熟悉《哈姆雷特》的情节梗概，要为《爱上雷蒙德·钱德勒》哈哈大笑就要知道雷蒙德·钱德勒是谁，要完全体会《罂粟花：三种变调》的妙趣——作为译者，以下这句话真是令我尴尬极啦——最好阅读原文。

或许也不尽然？你不需要通读《旧约》也可以立刻参与《神学》中"我"和S的讨论，你不需要读过《德拉古拉的来客》(布拉姆·斯托克)或《夜访吸血鬼》(安妮·赖斯)也可以对《我的蝙蝠生涯》报以微笑。不是吗？老太太或许是有点儿爱掉书袋，然而她的书袋里还是颇有几把刷子的。

归根结底，阿特伍德首先是一位形式主义作家，在语汇陌生化方面做得尤为出色。正如俄国形式主义老祖之一什克洛夫斯基所言，陌生化就是特殊运用日常语言的表现。

在今天这个一切都太多的世界里，再没有什么令我们感到惊奇，我们对事物的感受力变钝了，变自动了——"感"（feel）变成了"受"（be impressed），被动态取代了主动态。如何恢复并保护我们的惊奇？如何恢复万事万物的质感，"让石头石头起来"？形式主义者们认为陌生化这一技巧可以恢复人们对事物本来面目的印象，使人们以全新的眼光去看待习以为常的一切。托尔斯泰或许是第一位大面积高密度使用陌生化手法的巨擘：假如他想强调什么，就决不呼唤它的名字——比如在《耻》中他是这么描述"杖笞"的："剥掉违法者的衣服并把他们摔到地上，用软树枝敲打他们的臀部"——仿佛他是通过动物的眼睛，第一次目睹这颗匪夷所思的行星上发生的一切。类似的例子大量散见于《战争与和平》《复活》和《克莱采奏鸣曲》，并在那篇妙趣横生的（是的，我说的还是托尔斯泰）中篇小说《霍斯托米尔——一匹马的身世》中登峰造极。

　　阿特伍德采用了相似的手法，以下两个段落分别在谈论什么？（小贴士：总的来说，两个故事描述的是同一种生物。）

很难分辨他们的雌雄,因为他们的雄性并不像我们的那样体格娇小,反而要大一些。同时,他们又缺少与生俱来的美貌——花纹璀璨的甲壳啦,晶莹剔透的翅膀啦,水灵灵的冷光眸子啦——为了模仿我们,他们在身上挂满了各种彩色的布片,把生殖器遮掩起来。(《冷血》)

在一些比较私人的集会上,我们会礼貌地忽略一些人缺少叉子或缺少洞穴的事实,一如我们礼貌地对畸形足或目盲症视而不见。但有时,叉子和洞穴会携手合作,一起跳舞或一起制造幻象——同时起用镜子和水,这对表演者本人极具吸引力,对旁观者而言则不堪入目。我注意到你们也有相似的习俗。(《返乡》)

"我成为诗人的那天阳光灿烂,毫无预兆。我正穿过球场,不是因为崇尚运动,或筹谋躲在更衣室后抽一口烟——去此处的另一个理由,也是唯一的——这是我从学校回家的平常小道。我急匆匆的沿途小跑,若有所思一如往常,无病无痛,这时,一只巨大的拇指无形的从天空降下来,压在我的头顶。一首诗诞生了。那是一首很忧郁的诗；常见的年少之作。作为一个礼物，这首诗——来自一位匿名恩赐者的礼物，既令人兴奋又险恶不祥。"阿特伍德在《在指令下——我是如何成为一个诗人的》中如是揶揄自己，不过，如同前文提到的，她本质上是一名自觉自知的诗人，她的小品亦是高度诗化的小品。可以体会到她在语言上的锱铢必较——耐心寻找最贴切的字眼，仿佛每个词语都不可替代，这也使得我在翻译的过程中时常在忠于她独特的文字风格和忠于汉语散文的一般规范之间挣扎不已。倘若读者看完译本后对阿特伍德产生兴趣，继而愿意去寻找原文一窥全貌，我的尝试就不算是一无是处。

2009 年 6 月
上海

本文为《好骨头》译后记。《好骨头》，玛格丽特·阿特伍德著，包慧怡译，上海译文出版社 2009 年版／河南大学出版社 2019 年版。

收集影子的人

阿特伍德今年七十周岁了。

对于今天的许多读者而言,她的名字早已不再陌生。作为一名站在文坛风口浪尖的加拿大小说家、诗人、散文家,她的作品已进入了世界各地大学英语系的教学提纲,并且——无论她本人是否乐意——成了不少女性主义研究、加拿大研究、后殖民主义研究,乃至政治经济学和社会学研究的对象文本。

近半个世纪以来,这棵文坛常青树获奖如呼吸那么频繁:布克奖(小说《盲刺客》)、纪勒奖(小说《别名格雷斯》)、加拿大总督文学奖(诗集《圆圈游戏》及小说《侍女的故事》)、延龄草图书奖(短篇集《野外生存诀窍》)……《好骨头》和《侍女的故事》还分别被搬上了话剧和歌剧舞台。与此同时,这位爱戴淡藕荷色阔边织帽、衬银灰色羊毛披肩的雅致的老太太还是加拿大作协主席、国际笔会加拿大中心主席、19世纪80年代末反对美加自由贸易法案运动的重要成员之一、热心生态环保的社会活动家，精力之旺盛令人难望其项背。

虽说阿特伍德的作品不少是畅销书，她却并不是一个真正易懂的作家。她的文本层次丰富，相互指涉，充斥着文学的、政治的和历史的暗喻，她在运用象征、戏拟、反讽等手法时机敏而不露声色，往往令读者在篇末大跌眼镜。她在早期作品中着力探讨的权力和性政治问题在八九十年代演化出了新的深度，"奇异""陌生人""异乡""疏离""谋杀""暗杀""生存"等词在各种迥异的题材中反复出现，伴随而来的还有一系列自我分裂的人物和彼此隔膜的人物群。对比一下《可以吃的女人》（1969）和《别名格雷斯》（1996）就可以发现，后期阿特伍德的人物对于自己所处世界的多元化、殖民地化、种族歧视、性别歧视、阶级偏见、族长专制等特质越来越自觉，所感受到的疏离和隔膜也更加复杂，原因更多。正如她在《奇异之事：加拿大文学中无良的北部》（1995）里所谈到的，有时候，身为加拿大人本身便是一种"陌生"的经验。

她作品中那些"幸存者"都是藏在人群中的魔术师，只不过，他们调遣的是语言的魔术，借此来改变各自的世界。阿特伍德似乎总是戴着形形色色的假面向我们呈现着真理——或者说，表演着真理：文字、意见甚至人的精神生活同样是她的道具，她忽而用想象的虹彩将它们装点得变幻斑斓，忽而用诡辩的魔笛赋予它们足以蛊惑人心的音乐气质，忽而又给它们插上形而上的翅翼，任其向地平线的另一端自在地高翔。有时她的语言是隐晦的，有时是卖弄的，有时甚至是自相矛盾的——然而那又有什么关系——如果它们能激活我们沉眠和钝惰了太久的思想？在文字世界里，唯一无价的是影子，而不是看得见的身姿。

《黑暗中谋杀》(1983)和《好骨头》(1992)便是这样的两本影子之书。

二十世纪八十年代起，阿特伍德采取了一种加拿大文学传统中鲜有先例的新文体：既不是一般意义上的短篇小说，又非正统的散文，我们姑且称之为小品。这种非禽亦非兽的"蝙蝠体"主要出现在《黑暗中谋杀》和《好骨头》这两本集子里，短小的篇幅和"不地道"的文体使它们长期不受评论者的重视。这种情况如今已有所改变：人们越来越清楚地意识到，正是通过这两个集子，阿特伍德将一种重要的流派引入了盎格鲁-加拿大文学，那就是波德莱尔式的散文诗。

波德莱尔《巴黎的忧郁》(*Le Spleen de Paris*)是一部在美学分量上毫不逊于《恶之花》的散文诗集。五十篇《小散文诗》(《巴黎的忧郁》的别称)没有节律,没有脚韵,没有匀称的分节,却自有美轮美奂的形式,其音乐性是内在而无形的。那是一部在默读的同时能够听到回声的作品,描绘的对象千差万别,波德莱尔只就其与自己的关系这一点上加以摄取。阿特伍德在她的小品集中与波德莱尔展开了一场互相指涉的对话,不仅体现在文体的承继上,更体现在题材上。在某种意义上,《黑暗中谋杀》第二部分中的《一名乞丐》可以看作对《巴黎的忧郁》中《把穷人们击倒吧》的戏拟,而《好骨头》的第一篇《坏消息》则可看作对《恶之花》中《致读者》的一种绝妙的重写。阿特伍德甚至在《现在,让我们赞颂傻女人》(《好骨头》)篇末直接"引用"了《致读者》的末行,将阳性的"虚伪的读者啊,——我的同类,——我的兄弟!"(Hypocrite lecteur, —mon semblable, —mon frère!)改成了阴性的"虚伪的读者啊!我的同类!我的姐妹!"(Hypocrite lecteuse! Ma semblable! Ma soeur!),并且有意不使用正确的阴性形式"lectrice",代之以阴性特征更显著的"lecteuse"。这亦从侧面反映出阿特伍德对一种以"厌女者"(misogynist)笔触来刻画女性的文学传统的颠覆——波德莱尔恰是这一传统的擎天柱之一——这种颠覆贯穿于阿特伍德的写作生涯。帕特利西娅·梅丽瓦尔在《虚伪的读者》中提道：

阿特伍德关于性别战争的散文诗对波德莱尔式的厌女主义进行了反驳和打击。有相当一部分厌女主义作品几乎就是自恃高雅的色情文学。不过，与此同时，她却在一种新语境下——在一种抒情的异装癖中——继承了波德莱尔式的反讽。波德莱尔是厌女文学传统最有力亦最富智识的阐释者，在厌女文学的聚宝盆里，女人被物化，被理想化到危险的地步，然而，她们只有在作为男人自身的反射时才是完美的……在波德莱尔那里，女人被诗人物化，到了阿特伍德那里，女诗人冷眼旁观，看男人如何物化她，从而对厌女文学模式展开了漂亮的颠覆。

不错。不妨看看《仰慕》和《圣像崇拜》这两篇（《黑暗中谋杀》第四部分），它们可以被看作对波德莱

《舞蹈的蛇》或《猫》(《恶之花》)，以及《头发中的半球》和《纯种马》(《巴黎的忧郁》)的一种激进而富批判性的续写。波德莱尔的这些诗中，抒情主人公"我"将女性贬低到纯身体的地步，并用一系列有关动物或物品的华丽比喻来对她们加以物化，比如：

你的眼睛一点不表示
　　温存和爱情，
那是一对冰冷的首饰，
　　混合铁和金。

看到你有节奏地行走，
　　放纵的女郎，
就像受棒头指挥的蛇
　　在跳舞一样。
(《舞蹈的蛇》，钱春绮译)

又如：

她真是很丑;她是一只蚂蚁,一只蜘蛛,如果你愿意,甚至说她是一具骷髅也可以;可是,她也是饮料、灵丹、魔术!……也许有点憔悴,但并不疲惫,而且总是英气勃勃,她令人想到那些高贵的纯种马,不管是被套在一辆华丽的出租马车上,还是一辆沉重的运货马车上,真正的爱马者的慧眼总会把它认出来。

(《纯种马》,钱春绮译)

在《仰慕》中,阿特伍德以一种看似漫不经心的语言对波德莱尔的上述作品作出了回应,她更从女性的视角出发,强烈质疑和批评了波德莱尔对性别角色的态度。《仰慕》的开篇("你的嘴中有这些好不了的酸痛。你告诉自己,那是因为吃了太多的糖")仿佛是对《舞蹈的蛇》中以下诗句的反驳:"仿佛轰隆融化的冰川 / 涨起了大水,当你两排牙齿的岸边 / 洋溢着口水。"《仰慕》建立于两个相互关联的基本主题之上:宗教崇拜和身体的融合。男人对女人的仰慕被比作宗教崇拜,阿特伍德对这种态度的不足之处和补偿功能进行了不留情面的拷问:

感恩。那就是他有时送你玫瑰的原因,还有巧克力,当他想不出别的礼物时……你并不真是一位神明,尽管你缄口不语。当你在接受仰慕时,实在没什么可多说的。

阿特伍德通过阴道这一意象揭露了所谓"仰慕"的真相——假如不是自私,至少也是对自身的投射:"基督啊,基督,他说,但他并不是对基督祈祷,他在对你祈祷,不是对你的身体或脸蛋祈祷,却是对你身子中央那个空间祈祷——这个空间就是宇宙的形状。空的。他想要回音,想要来自那个黑色圆圈和它的红色星星那儿的回答,他能触及它们,却无法看见。"

不妨对比一下波德莱尔的诗句:"我像喝到苦而醉人的/波希米美酒、给我心里撒满繁星的/流体的宇宙!"(《舞蹈的蛇》)波德莱尔的"我"完全从男性角度出发,女人在诗中根本没有机会开口说话;阿特伍德所采用的第二人称"你"则具有一种普遍化的,甚至是教诲的倾向。

事实上,波德莱尔对女人的刻画更像是一种自觉自知的虚构——基于诗人自己的感受,并且反过来赋予和肯定诗人的存在感——他从来没有宣称自己正在描绘一种被普遍接受的客观事实，就这一点而言，波德莱尔是个更纯粹的诗人。而阿特伍德对女性以及性别关系的描述则多多少少带有一些政治的声音，这在《好骨头》中会更加突出（比如《造人》就以诙谐的口吻旁敲侧击地批判了流行文化中视女性为商品的诸多现象）。其实，阿特伍德对性别差异话题的持续关注也是她人道主义立场的重要组成部分，她的这一立场在文学或非文学领域里是始终如一的。

九年后问世的《好骨头》继承和发展了《黑暗中谋杀》的文体、技巧和主题，是另一本关于在一个父权的、环境恶化的、殖民地化的世界里生存的"超小说"。相比从前，《好骨头》运用了更多后现代手法，并对大量民间故事和神话传说进行了戏仿和重构。虽说技巧上更前卫了，阿特伍德关心的仍是最传统的主题：生存问题。这一主题贯穿她的整个文学生涯，她曾称之为加拿大文学的核心话题。《好骨头》中的主人公——尤以"魔法师"式的人物为甚——往往是一些反讽式的英雄，在一个个业已失去了旧日背景的故事里跌跌撞撞，挣扎着要摸出一条自我拯救或改善人类现状的道路。

后结构主义时代的读者关心的几个问题：文学经典确立的过程，经典和非经典作品之间的关系，"中心"与"边缘"的关系。爱德华·赛义德提醒我们："叙事的力量——或者毋宁说是阻止其他叙事形成的力量——对于文化和帝制都至关重要，并且是连接两者的重要纽带。"在这方面，女权主义和后殖民主义文学有着共同的目标：挑战经典，为边缘人物正声。

《好骨头》中《格特鲁德的反驳》一文是这种修正式书写的典范，矛头直指西方正典的核心——莎士比亚。《哈姆雷特》中的丹麦王后格特鲁德的形象几乎已被盖棺定论，"脆弱，你的名字是女人"这句话源自于她，最常用在她身上的几个形容词包括：淫荡、轻率、举棋不定、逆来顺受、不道德。然而，作为一个对剧情发展起着举足轻重作用的主角而言，格特鲁德的话却少得可怜。剧中其他人物对她的性格和动机条分缕析，肆意解释，横加指责，而她本人却始终立在阴影中，以一些无实质意义的象声词或短句帮助对方将关于她的对话进行下去。这一形象是通过她对他人的回应，而不是本身的表现构建起来的。著名的第三幕第四场（王后寝宫）中，咄咄逼人、喋喋不休的始终只有哈姆雷特一人，格特鲁德则像一具噤声的傀儡，仿佛她在这场戏中唯一的使命就是听取甚至是配合儿子对她的拷问。阿特伍德选取的正是这话语权严重分配不公的一幕，把声音还给了格特鲁德——不仅如此，格特鲁德的声音成了我们唯一可以听到（读到）的声音。

这并不是说哈姆雷特的声音消失了，不是的。阿特伍德巧妙地令王后不是进行连续的单边对话，而是用停顿将它打断，停顿代表着被隐去的哈姆雷特的声音。格特鲁德几乎每句话的前半部分都是对之前哈姆雷特的（在这里是无声的）控诉的回应，后半部分才是她的挑衅。如果我们将莎士比亚与阿特伍德的文本并置起来看，就可以得到完整的对话，并且，阿特伍德新文本的构架和思路也会清晰地呈现出来：

莎士比亚文本（朱生豪译）：

哈姆雷特：来，来，坐下来，不要动；我要把一面镜子放在你的面前，让你看一看你自己的灵魂。
……

哈姆雷特：瞧这一幅图画，再瞧这一幅；这是两个兄弟的肖像。你看这一个的相貌是多么高雅优美：太阳神的鬈发，天神的前额，战神一样威风凛凛的眼睛，像降落在高吻天穹的山巅的神使一样矫健的姿态；这一个完善卓越的仪表，真像每一个天神都在上面打下印记，向世间证明这是一个男子的典型。这是你从前的丈夫。现在你再看这一个：这是你现在的丈夫，像一株霉烂的禾穗，损害了他的健硕的兄弟。你有眼睛吗？你甘心离开这一座大好的高山，靠着这荒野生活吗？嘿！你有眼睛吗？

……

哈姆雷特：嘿，生活在汗臭垢腻的眠床上，让淫邪熏没了心窍，在污秽的猪圈里调情弄爱——

对应的阿特伍德文本（拙译）：

亲爱的，请别再和我的镜子过不去了。你已经打碎过两面了。

……

是的,我见过那些画像。非常感谢你。

我知道你父亲比克劳迪乌斯英俊。高高的眉毛,鹰隼般的鼻子,等等,穿军装很潇洒。但是,美貌并非一切,对男人而言尤其如此。虽然我很不愿意非议坟墓里的人,但我想,现在该是时候向你指出这点了:你爸爸实在并不那么有趣。高贵,当然了,这点毫无疑问。但是克劳迪乌斯,好吧,他喜欢时不时喝上一杯。他喜欢精美的食物,他喜欢开玩笑,明白我的意思么?你不必为了遵守比你圣洁的什么人的准则而蹑手蹑脚。

……

让我告诉你吧,在那种时候,每个人都会变得汗津津。你自己尝试一下,就会知道是怎么回事。一个真正的女朋友对你可大有好处。不是那个面孔惨白的——她叫什么来着——她被捆在束胸里就像一只高级火鸡,散发出"别碰我"的气味。若你想知道我的看法:那姑娘可有点儿不搭调。处在边界线上，一点点震惊就会把她推下悬崖。

给你自个儿找个实在点的伴。在干草堆里高高兴兴地打滚。然后再来找我谈论"污秽的猪圈"。

就这样，阿特伍德通过格特鲁德的声音把哈姆雷特和与之同名的老国王（"你有时候一本正经得可怕，就像你爸"）拉下了神圣的宝座。丹麦王子那著名的忧郁肃穆的形象变成了一个行动笨拙（总是打碎镜子）、邋里邋遢（"看看你在威登堡的学生宿舍——那个乌糟糟的猪栏吧。除非事先得到警告，我可再也不会去那里拜访你了"）的二愣子青年。更重要的是，由于王子不再有仇可复（在阿特伍德那里，克劳迪乌斯并非杀死老国王的凶手），哈姆雷特和克劳迪乌斯的冲突便大大地世俗化，沦为了新继父与成年继子间再寻常不过的家庭冲突（"顺便一提，亲爱的，我希望你别管你继父叫做'膨胀的国王'。他是有一点儿偏胖，你这么叫他，很伤感情"）。

并且格特鲁德响当当地为自己的欲望正声。在莎士比亚那里，哈姆雷特（以及背后一整个男权时代的声音）指责格特鲁德淫荡，而在阿特伍德那里，格特鲁德则指责哈姆雷特和他父亲一样假装正经——正值青春年少却缺乏欲望，不正常的是哈姆雷特，而不是她自己。"请别再和我的镜子过不去了。你已经打碎过两面了"恰恰指出哈姆雷特声称要她看的根本不是她的灵魂，而不过是他自己代表男性立场的目光，通过拒绝这种目光，格特鲁德亦拒绝了儿子对自己私生活的干涉。在莎士比亚那里，王后的寝宫禁锢着格特鲁德的身体和言行，到了阿特伍德那儿，寝宫却变成了王后身为女人唯一可以掌控全局、伸张权力的地方——格特鲁德正是这么做的。

格特鲁德在篇末坦率地承认，老国王是她自己杀的（"哦！你居然这么想？你以为克劳迪乌斯杀了你爸爸？好啦，难怪你在饭桌上对他那么粗暴了！……不是克劳迪乌斯干的，亲爱的。是我"）——在这一点上她是有罪的。阿特伍德的格特鲁德是个为自己的行动负责的女人，行使选择权时毫不含糊，从而颠覆了四百年来人们眼中那个卑微、依赖别人、凡事做不得主的"傻女人"形象（参见《好骨头》中《现在，让我们赞颂傻女人》篇末——"现在，让我们赞颂傻女人/她们是文学之母"）。值得注意的是，阿特伍德的重写恰恰是建立在对这一角色的"标准阐释"的基础之上的。她并不作出评判，只是提供了可能性：她的格特鲁德有权看重欲望，无论是哈姆雷特抑或莎士比亚本人都无权对此指手画脚；在她那里，这两个男人才是"他者"，才是"第二性"，格特鲁德则第一次获得了真正开口说"我"的机会。阿特伍德就这样对经典文本的经典阐释进行了非经典的重写。

阿特伍德在《黑暗中的谋杀》和《好骨头》里向我们展示了一种寻找影子的姿势。在文字世界里，正视、侧视、俯视、仰视有时候依然不够，还要把视线投向阳光照射不到的地方。重写经典并不在于否定已有的，既然过去不能被一笔勾销，那么故地重游也无妨——只是要带着慢下来的目光。

2009 年 7 月
上海

本文为《好骨头》与《黑暗中的谋杀》代序。《黑暗中的谋杀》，玛格丽特·阿特伍德著，曾敏昊译，上海译文出版社 2009 年版。

岛屿柠檬和世界鳗鱼

说起当代爱尔兰的诗歌写作，一个糟糕透顶却难以回避的问题是：何为"爱尔兰"诗歌？它必须以爱尔兰语写就，还是包括英语？如果一名诗人用爱尔兰语写作却出生于北爱尔兰，他还能否被称为"爱尔兰"的？若他以双语写作且生于爱尔兰共和国，其家族却是世代支持《联合法案》的亲英新教徒，这是否使他比一个用英语写作的爱尔兰天主教诗人更不"爱尔兰"？叶芝不懂爱尔兰语却是凯尔特文艺复兴之父，受益于十九世纪末大量新近译自古爱尔兰语的神话、史诗与民间传说，他以个人独特的灵视法为彼时"民族文学的软蜡状态"塑型；希尼生于北爱尔兰的贝尔法斯特，1972年移居都柏林前常年任教于英属贝城皇后大学，英国评论界却一早就将他立为至少是想象中的"爱尔兰经验"的代言人，而他同时是古英语第一史诗《贝奥武甫》的译者；到了当代最活跃的一批杰出诗人诸如保罗·默顿、埃蒙·葛雷楠、哈利·克里夫顿、伯纳德·奥多诺、迈克尔·朗礼那里，情况更加复杂，他们多用英语写作，定居或长期居住在美国或欧陆国家，背负着向非爱尔兰读者介绍本国诗歌传统——其自由与焦虑，变迁与现状——的无形压力。自然这也为其中一部分人提供了重新自我塑造的机会，一如叶芝一系列新的诗学理论最终成形于美国巡回演讲，展示的压力能覆舟亦能载舟，在做得好的诗人那里，我们往往能看到世界经验与岛屿经验（"岛屿"一词的一个不受欢迎的义项是"故步自封、偏狭"）的双向反刍，如同：

变着形，一个在另一个体内，

雌雄同体，模糊不定，滑入又滑出
属地方的，属宇宙的，

阅读自身，在鳗鱼之书中
（克里夫顿《鳗鱼》）

哈利·克里夫顿（Harry Clifton，1952— ）在这一类爱尔兰诗人具有尤为丰富的迁徙经历。早年在南非和越南的难民营工作,在柬埔寨和泰国追随禅宗师父求道,中年后在巴黎定居长达十年并于近年重返故乡都柏林,羁旅与辗转并未在他的诗中表现为外在的地理志,而是冷凝和结晶成一种流动的精神版图,在那里,戏讽与怀疑、温情与悲悯都是同样克制的:

> 所以在黎明前醒来吧,独自吃早餐,
> 想想你为何来此……
>
> ……灵修大师萎缩
> 成皮囊与枯骨,一言不发等着你
> 在佛之中立国,金黄且中空,
> 来自内空间的微笑,超越灾祸
> 朝向一种古老的喜悦……
>
> ……好为了众生之福
> 重建那神秘,并从屈辱中复生
> 不涉政治之物,齐齐跪地
> 在僧侣与喇嘛,滋生潜流的联盟里——

为了《时代》和《生活》的闪光灯摄影师。

犹大有别的背叛。(《托马斯·默顿之死》)

这里有一种几难承受的破灭之痛,一项灵性求索事业的破产。尽管克里夫顿向来警惕凯尔特诗歌传统中喷薄抒情的一面,谨慎地将这首诗约束在继承自华兹华斯和马维尔的工整花韵之中(abcabcdd),抛弃了第一人称以维持审视的距离,那浑浊的破灭感却依然尖新:娑婆世界又称"堪忍",到了不堪忍受之时,便是庄严时刻。若说此诗的叙述者是无神论者,那却是个自始至终渴望信仰的无神论者。青年时代的克里夫顿曾经视托马斯·默顿(Thomas Merton)为自己的精神胞兄,后者是二十世纪神秘主义思想家中剑走偏锋的一员,身为天主教熙笃会特拉普派僧侣却致力研究禅宗、藏密、耆那教和苏菲派,其自传《七重山》影响了一整代二战退伍兵与青年学生加入北美各地的修道院;晚年云游亚洲,在印度多次会见达赖喇嘛和恰哲仁波切,1968年在曼谷触电身亡。同时,默顿还是一位杰出的诗人。前往泰国之前,默顿的阴影已在克里夫顿的诗作中闪现，泛宗教主义作为一种新的爱尔兰精神性的表达出口已被克里夫顿多次审视并部分否决过了，恰如他在一次题为《未经锤炼的良心：爱尔兰诗歌中的欧洲》的讲座中所言：

在爱尔兰，我们看似一直居于基督教文明中，实际上，那只是一个基督教的时刻，一边被古老的凯尔特神祇包围——已被选中服务于民族主义的目的——另一边则是古典神与古典英雄，现代爱尔兰诗歌带着一种复仇的意图选中它们，而它们实际上只是我们世俗的人文主义背后那些力量与本能冲动的别名。

在叶芝那里，一句颠扑不破（也是他最爱引用）的赫拉克利特名言是：人类和神祇永远在"死着彼此的生，活着彼此的死"。在叶芝以后，乃至晚期叶芝的作品中，我们可以清楚地看到构成爱尔兰现代性主体的纯粹是人类之生。既然古老的神祇已死，或至少不再能被可信地召唤，他们在一系列重要的爱尔兰现当代诗人中如此迫切的在场又是怎么回事？奥斯丁·克拉克、保罗·默顿、帕特里

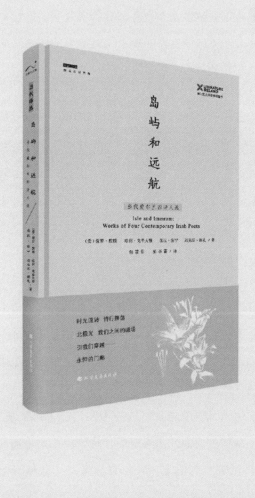

克·卡瓦纳、迈克尔·朗礼、晚期的希尼……这个名单可以无限延长,克里夫顿称他们为"步入了维吉尔之疆"的诗人,一旦天主教的精神理想在二战后的爱尔兰——甚至早在二十年代爱尔兰独立战争之后——遭遇实质上的破产,这些"歌唱者"便选择"尽情沐浴在古典世界的光与笑声中——神祇作为一种糟心的东西被嘲笑……借着诗性的超脱之名"。帕特里克·卡瓦纳的《史诗》是个中范例:

我打算
在巴里洛西和戈廷失去我的信仰
直到荷马的幽灵来我耳中低语
他说:我以这些吵吵嚷嚷的当地人为材料
制造了《伊利亚特》。神明们制造自己的重要性。
(《史诗》)

在克里夫顿看来,古典万神庙对现代爱尔兰诗歌的另一个作用在于,将区域的、地方的、个体的感情与境遇普遍化:不再是地处欧洲极西、人称"冬境"的海波尼亚岛(爱尔兰的拉丁文旧称),而是阳光明媚的地中海沿岸,觥筹交错的巴黎、罗马、威尼斯,人人可在茶余饭后津津乐道的老欧洲;不再是淌满血与汗、手足相残、历史的新仇旧恨错综纠盘一如其荒凉泥沼上的野生石楠、疼痛的记忆历历如新的爱尔兰(克里夫顿在去年出版的新诗集《勒马上尉的冬眠》标题诗中漂亮地清算了这一主题,以他惯有的隐忍),而是抽象的、疏离的、在共同继承的古典传统中获得了必要的审美距离的欧罗巴大陆——从被真实居住的、过分拥挤的边缘,来到适用于普遍想象的、空荡荡的中心。克里夫顿对这种诗歌精神维度上的迁徙,一如他对自己多年来漂泊羁旅的物理迁徙,所持的是一种一半犬儒、一半耐心接受的暧昧态度,这种态度在一首题为《柠檬》的小诗中得到了隐喻的表达:

所有的柠檬都起于绿色,所有的柑橘属。
我们的,爱尔兰灰光孕育的果实,
冬日转为黄色。同时,整个十月,

在高窗中,比人类还要高,
道成肉身的欢愉,忤逆季节的逻辑,

继续成熟着。缓缓地,随着冬至将近,

浸透于冰冷的月光,当这株小树
自授着花粉,像一宗私人神迹
隐匿于玻璃后,躲开一个正在崩坍的世界,

独自向南去,越过贫困与死亡
奔向无限的黄色……
他们已在
贩卖他,在西西里诸广场,

比白送还便宜,当太阳升起
穿过此刻的纬度,攫住不设防的我们
在一月的北极,仍在等待,

在从不会升得比自己更高的日子里
切开它,索取香味,沿着威士忌的
纹路,琴酒与保健饮品虚假的升华。

岛屿柠檬和世界鳗鱼

这是一首由北向南之诗,由边地到中心之诗,由寒带到温带之诗。柠檬的旅程始于私人的、神秘的、珍贵而不可言说的、有悖逻辑的、自给自足但却"正在崩坍"的地域,终结于公开的、光天化日之下的、廉价且可被肆意评论的、逻辑至上的、依赖中介却坚不可摧的领域。然而终点丝毫不比起点更真实:假萃取之名,终点实际上剥夺了徒劳守候在起点之人的具体鲜活的经验。柠檬作为一个不完美的圆、多汁而酸涩的球体、一年中最后的纯净黄色的凝聚者,始终是克里夫顿钟爱的一个神秘意象,他曾在一次朗诵会上提到自己种在都柏林家中的一棵小小的柠檬树。黄色是克里夫顿为自己选择的颜色,在下面这首关于原初记忆、致力于提纯个体经验的小诗中,黄色几乎获得了造物媒介般的神圣:

我盘坐下来,见到了与眼齐平的
黄水仙,光线正筛过它们。

从前也发生过一次。
我正在出生,那儿有黄光,

无法定义，但绝对纯洁，
使一切熠熠生辉……

……它繁衍着
无穷无尽。但绝不重复。

春天进入。它又开始建造自己的窗户
可被看见，却无法透过它看。(《黄水仙》)

每年二月底三月初，我都会在家门边的土坡上和树根下看到漫山遍野、明熠灼目的黄水仙花海，这种耐寒、花期长、无论单瓣重瓣都一样优美而生机勃勃的植物实际上已成了爱尔兰早春的计时器，比国花三叶草更为人们所爱。在这首纯粹岛屿之诗中，黄水仙变作眼睛和窗户（倒数第二行的"它"亦可解为春天，而黄水仙早已成为岛国春天的化身），连接着此在世界与看不见的彼方，即使那是个自始至终隐形的彼方。这种和解式的温柔独见于克里夫顿献给故乡的诗篇，虽然并不是遵循浪漫主义状物诗的抒情传统（可对比华兹华斯的《黄水仙》）。事实上，作为精灵与矮仙、竖琴与风笛之邦的，在史诗与神话的广度和深度上唯一可与希腊媲美的（欧洲范围内），说着淙淙泠泠、语法优美的盖尔语的，人称仙境或翡翠岛的老爱尔兰是浪漫主义想象力最后的停尸房。一个持久有力的、局内人与局外人共同打造的"爱尔兰迷思"是：爱尔兰代表纯净的、天真的、未经文明败坏的、民族特色的，欧洲大陆则代表朽坏的、经验的、老道的、普遍的一切。正如克里夫顿任国家诗歌教授时在都柏林圣三一学院所说的："再也没有什么比'凯尔特薄暮'式的抒情传统——或其他任何抒情传统——腐烂得更快，假如它执意要抽去自己的智性脊柱。时至今日，爱尔兰诗歌仍想维持这种对其抒情自我的认同，于是，它将思考的那部分自己驱逐出境，去欧洲老城的沙漠里完成工作。不过，我们历来是一个将复杂的问题送去别处的国家——无论是性别的、经济的，还是诗歌的、精神的——如是就可以不再去思考它们。"

的确，为了保存这个如梦似幻的、催眠式的、田园情调的迷思，抒情的爱尔兰一次次放逐了智性的爱尔兰。当帕特里克·卡瓦纳于1952年发起对这一迷思的全面批评

时,他遭到了来自国内主流诗歌界毫不留情的抨击。《尤利西斯》和《芬尼根守灵夜》时期的乔伊斯本质上是个智性诗人,其唯一不变的主题是现代城市,贝克特从来都是,晚期的叶芝也是——就一个国家诗歌精神的两个维度先后体现在同一人身上的程度而言,叶芝不愧是爱尔兰最后一个浪漫主义诗人,第一个现代主义诗人——还可以加上肖恩·奥凯西,他们都在真正的成熟期到来后移居国外,终身未返。表面看起来,只有叶芝仍与都柏林维持着紧密的联系,实际上,岛屿经验一直静静卧在他们后期作品的深处,挤满尘埃却仍微光灼烁,无可奈何却也饱含着并非感伤主义的柔情,一如克里夫顿在巴黎写下的这首回忆外祖母以及自己在西爱尔兰乡村度过的童年时光的风物之诗:

……我至今无从想象,
将世界浓缩为微观宇宙。水滴,
蕨类的叶子。在我靴底吐着泡沫,
咽喉里的钩子,马尾藻鳗鱼的
死结。它正托举着
那些距离,纯粹想象的空间

超越仅是局部了不起之物

干净一如田野的纵深。

……

我们是如何

到达此地,在这航海状态中

"温暖潮湿的冬季,凉爽湿润的夏季"

我们的房屋是这样充满卵石、贝壳与鸟鸣,

还有防风灯,掷下巨大的阴影,

钙化的鱼,风干的热带种籽

无法破解,带着海洋之力

是洋流携我们到来?阴影,阿延黛婆婆——

即使在那时,我也被自己失落的来历吓得不轻。

(《洋流颂》)

　　克里夫顿的外祖母劳拉·阿延黛来自智利,如同记忆中洋流的动向,这首诗的视角也是站在岛屿岸边,想象回返入更广阔的世界。假如一切真正的溯源只可能发生在想象中,那么,《洋流颂》末尾再度出现的鳗鱼——随繁殖需要而变更性别的、热爱迁徙的、一生一世蜕着皮的洄游生物——则是关于当代爱尔兰诗歌,乃至世界各地的侨居诗人及其诗艺的一个不俗的隐喻。

"阿延黛婆婆,你究竟来自何方?——"
一条鳗鱼扭动。本能告诉我
随它去吧。冷血地,让它融化在
自身的元素中,一份幼鳗的记忆,
绝对别处的纯粹吊篮,
史诗或传奇,为了再度重返。
(《洋流颂》)

2013 年 3 月,
都柏林 Seamount

补记

本书出版之时,克里夫顿已经卸任国家诗歌教授一职

（俗称"爱尔兰桂冠诗人"），他的前任是迈克尔·朗礼，继任者是葆拉·弥罕。这一荣誉席位本是为纪念谢默斯·希尼1996年获诺贝尔文学奖所设，如今希尼离世已有两年多，但我们仍可以在一批最优秀的当代爱尔兰诗人笔下读到他无可避免的在场：作为亲切的友人、导师或者远方灯塔。

克里夫顿于我亦如此。我们曾一起走过石楠参天的格伦达洛河谷，清点过拉斯加尔的接骨木花苞，辨识过基利尼海滩上潮汐和风的方向，也曾在都柏林深巷里的聂丽咖啡馆有过许多闪光的交谈。即使没有诗歌，他的慷慨、善良、幽默、对人类情感睿智而宽容的洞悉力，都足以使他成为一位珍贵的朋友，永远在我心中保有特殊的位置。

近年来，除了《人间伊甸：1994至2004年间的巴黎笔记》（2007）、《诺玛上尉的冬眠》（2012）、《聚力点》（2014）等六本重量级诗集外，克里夫顿还出版了短篇小说集《贝克莱的电话》、随笔集《意大利之脊》和脍炙人口的文学论文集《爱尔兰及其异乡们》（2015），后者对自叶芝至希尼的百年爱尔兰诗歌传统的兼具智性与诗性的剖析，使他跻身当代英语世界一流的诗人批评家之列。除了帕特里克·卡瓦纳诗歌奖、《爱尔兰时报》今日诗歌奖等国内最高诗歌奖项,精通法语和意大利语的克里夫顿也是自己最好的译者,并作为爱尔兰最优秀的当代诗人之一逐渐被世界各地的读者熟知。对于曾在都柏林度过四年光阴,如今却远离了海波尼亚的涛声与绿影的我而言,翻译克里夫顿的诗歌也像在梳理我自己的爱尔兰记忆,让岛屿和世界在语言中向彼此溯洄,让时光的梳齿荡过地理的鱼鳞。

2016 年 3 月

上海

本篇正文部分首刊于《诗东西》2013 年第六期,完整版作为克里夫顿诗歌译序收入《岛屿和远航:当代爱尔兰四诗人选》,保罗·默顿、哈利·克里夫顿、葆拉·弥罕、迈克尔·朗礼著,包慧怡、彭李菁译,北方文艺出版社 2016 年版。

葆拉·弥罕的词源迷宫

"诗歌可以被看作一种词语的磋商：在意识与无意识之间，在注意力休憩于虚空中、随时准备迎接别处灵感之地，以及人类聚精会神、让严苛的技艺找到自己的天然之家的地方。下面是关于诗艺的九组冥想……关于我圆帽中任性却又意图清晰的，蜜蜂的飞行。"

这是葆拉·弥罕（Paula Meehan，1955—　）接任哈利·克里夫顿担任爱尔兰国家诗歌教授，2014年2月在都柏林大学就职演讲的开篇。在讲座的头半个小时里，我一直以为自己在听一首素体长诗：这位银发飘逸如雪狐、当代爱尔兰最出色的女诗人与其说是在演讲，不如说是在唱诵（chanting），低沉而向内坍塌的嗓音里飞舞着玫瑰、如尼字符、迷途的星星。毫无防备地，我的眼中被洒进了精灵花粉，当我陡然振作，发现这终究是一个凡人在读一篇散文——散文！多么亲和，多易于掌控！我确信能自如地从中抽捻出逻辑之丝，确定所处的经纬。可我已经迷失太深，代达罗斯用纤亮的蜂蜜建造他的纯金迷宫，弥罕也用语词的芬芳——或者莫如说是词源的芬芳——引诱了我。我一步步深入蓝紫色的琉璃苣花园（琉璃苣，别名星花、蜜蜂花，花汁掺上酒就是荷马笔下完美的忘忧汤，弥罕提醒我们；而伯顿则在《忧郁的剖析》中喃喃道："它能很好地缓解从薄暮时分的抑郁中升起的乌烟瘴气。"），抛掷在地上的词语形成一种诱饵路标，我循踪而去，去到花园香气最甚的深处。我忘记了但丁的法则，忘了倒着爬上地狱最深处撒旦躯干的人将在地球另一端落脚，而花园的中心恰恰通向花园墙外。站在墙外，站在蜂群嗡鸣中出神，我忘了说，如伊丽莎白·毕肖普曾说过的那样，"我们已经走了这么多路"。

　　弥罕没有忘记说，她吐字清晰如女祭司："词源是词语的幽灵生命，每个词都带着它幽秘的历史，如果我们能追溯得足够久远，就能听到一百万年前的蜜蜂在琥珀里振翅的声响。"弥罕活在词语的幽灵生命里，或许最好的例子是那首精巧如六边形的《阿尔忒弥斯的慰藉》——她后来将这个标题用于另一篇演讲稿——她以词源纺出阿尔忒弥斯、阿卡迪亚、北极、银叶蒿、苦艾酒之间隐形的时空之网（遗憾的是汉译永远无法捕捉这张网），为月神书写一份全新的神谱。这首诗如此开始：

> 我读到过，每只活着的北极熊都有着
> 来自同一只母熊的线粒体 DNA，一只爱尔兰棕熊
> 一度浪游穿越了最后的冰川纪……

在同名散文中，弥罕称自己的祖父瓦特·弥罕——也就是《纪念教我读书写字的祖父瓦蒂》一诗中的瓦蒂——为"爷爷熊"。爷爷熊常扔给小熊葆拉一支铅笔和一页报纸，让她把所有字母 O 的中空部分涂黑。小熊被成双出现的、如一对黑眸向外凝视的实心 O 迷住了——月亮（moon）、昏迷（swoon）、勺子（spoon）、愚人（fool）——逐渐又向 D、B、P、Q 进军，直到报纸上再也不剩下含有中空部分的字母，"如此我学会了认字"。如同中世纪缮写室内的细密画家，不将空心首字母以藤蔓和异形动物装饰得满满当当就不能心安，小熊葆拉握着笔迈出童年，迈向她的下几任精神导师：在都柏林圣三一学院是古典学家斯坦福德（W. B. Stanford），在东华盛顿大学（弥罕在那里获得写作奖学金并取得 MFA 学位）则是旅美爱尔兰诗人麦考莱（James

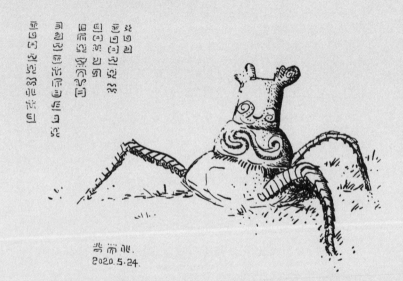

J. McAuley，弥罕将组诗《堪舆》中的《老教授》一篇献给他）以及美国垮掉派诗人施耐德（Gary Snyder）。

但她并非什么优等生型诗人，实际上，出生于都柏林市北郊芬格拉斯工人家庭的弥罕集齐了一个叛逆青春期的寻常要素：疯狂地玩摇滚写话剧、挑战修女和教会权威、组织抗议被初中（圣米迦勒圣信修道院）开除。此后她进入职业学校，靠自学考进圣三一学院："在那个年代的都柏林，万事万物都在向我们低语：女孩不需要教育。我们学习的都是些为了让年轻姑娘进入服务业或是工厂的技能。很早就能读写，这成了我的独立武器"。弥罕对自己阶级和性别身份的绝对坦诚是她最有力的那部分诗歌的衬底，借用爱尔兰现任总统、诗人希金斯（Michael D. Higgins）在她的国家诗歌教授任命礼上的话，"她焊合了来自街头和来自学院的能量"。长诗《家》的开篇和结尾段令我视她为一位最可尊敬的同行：

我是那个靠一张音乐地图寻找归家路的盲女人。
当我体内的歌就是我从这个世界听到的歌

我就到了家。它尚未被写下,我不记得歌词。
我知道当我听到它时就是我创造了它。我将会回家。
……
这是我最后的旅途。我的诗行虽然颤颤巍巍,却为我
拼出一张有意义的地图。无论在何处,当我体内的歌
就是我从这个世界听到的歌,我会卸下重负
入睡。我会把我最后躺卧的地方叫做家。

这可能是我读过最动人的、女诗人关于自身天命的自白。如果存在什么真正的家,就是我们在这个流离溃散的世界上用手艺为自己筑造的家;如果存在一条归家路,就是我们将自己精炼成宇宙音乐无阻通过的乐器之路。诗中的"地图"是弥罕最心爱的意象之一,在《田野之死》一诗中,地图测绘属于机械记忆的阵营,在《家》中却是一种理解乃至参与创造个人命运的会呼吸的工具,一如她工具箱中的其他:塔罗牌(弥罕使用的是元素塔罗)、古典占星术、易卜。她运用它们如卡尔维诺写作《命运交叉的城堡》或霍杜罗夫斯基拍摄《圣山》,而非闵福德解《周易》。

由八十一首短诗组成、每首诗长九行、每行诗含九个音节的长篇组诗《堪舆》(*Geomantic*)是弥罕这一写作特色的集大成之作。

拙文起笔之时恰逢圣布丽吉特日（Imbolc，布丽吉特为爱尔兰女性的主保圣人，诗人、井水和矿物的守护者，其圣节被称作"诗人之春"）前夕，上海落着罕见的鹅毛大雪，都柏林照旧细雨淅沥，是夜弥罕从都柏林给我寄来81首中的最后两首，并附言："我将《堪舆》献给圣布丽吉特，一位藏在多重伪装下的异教缪思，也愿她对你的劳作充满善意。"我想《堪舆》一定受到了九位缪思的共同祝福，它就像一头骨骼精巧、皮毛华丽的巨兽，匀称地呼吸着走出语言的莽林，骄傲地抖去耳后新鲜的落雪。《淮南子》载"堪，天道也；舆，地道也"，堪舆即天地之学，以河图洛书为基础，结合八卦九星和阴阳五行的生克制化而自成理论，糅合了天道运行、地气流转和人世悲欢，故而我没有将诗题"Geomantic"译作"风水"：弥罕这组倾注心血的长诗有更恢弘也更幽微的形而上和美学上的野心。

去年一月，因为一个美妙的巧合，正在都柏林北郊霍

叶芝度过少年时代的霍斯湾，作者2013年摄于都柏林

斯湾沿海散步的弥罕和我受邀走进了叶芝度过少年时期、写下第一首诗的房间（这栋位于霍斯的故居门口虽然挂有蓝色匾额，如今却是私人住宅，并不对外开放）：狭小的房间里开着一扇更狭小的窗，正对着缎子蓝的海面以及不远处海中央的小岛"爱尔兰之眼"。沐浴在破窗而入的带盐味的海风中，我想着那个曾沐浴着同样的海风中在纸上涂抹音节的少年。"我最喜欢作为梦想家的叶芝，"身边的弥罕喃喃道，"而不是作为剧院经理和政治活动家的他。"我无法忘记弥罕是一位和叶芝一样醉心玄学的诗人，更无法忘记她是一位或许比后者更有成就的剧作家：在业已出版的《被冬日标记的人》《法身》《画雨》等十本诗集之外，她还是十余部话剧、广播剧、改编剧的作者，赢得过和诗歌奖项同样多的剧作奖。在近作《献给狗的音乐：三部广播剧》中，你会发现爱尔兰这个戏剧与诗歌之国为我们带来一位对两门手艺同样精通的好女巫。

弥罕曾在答《爱尔兰时报》的一次采访中说："写诗就像孩子蹲在窗边，用呼吸在玻璃上吹出霜花。所有人都做过。而我依然在做。"译者的工作也如此。谨以此微末的努力献给那个永恒的孩子,那些我们一起在霍斯海滩上留下的脚印,并献给每一位弥罕的读者,愿你们想象的玻璃上凝满真实的霜花。

2016 年 2 月
上海

本文为《岛屿和远航:当代爱尔兰四诗人选》中的弥罕诗歌译序。

解谜与成谜

不可能的任务？

美国诗人弗罗斯特说："诗歌就是在翻译中失去的东西。"翻译理论家苏珊·巴斯内特对这句话嗤之以鼻，说它"奇蠢无比"（immensely silly）。今人的看法也无非是两派：消极者认为，译诗就是以一种语言的短处去对照另一种语言的长处，吃力不讨好，是在流沙上建城堡；积极者则认为，以短搏长是一件困难却充满梦幻色彩的事，知其不可为而为之恰是译诗的魅力所在，危险而前途未卜的炼金术永远比黄金更美，反过来也为语言开拓了新的伸展空间；当然还有那些中庸者，他们总想把两方面都说得完备，以至于我不记得他们都说了什么。

对译者困境的最好形容或许来自雪莱，他说："想要把诗人的创作复制到另一种语言中去，就好比把一朵紫罗兰扔进坩埚，还想发现原先色泽和香味的法则——都是痴人说梦。植物必须从种子里重新抽芽，不然就不会开花——这就是我们所背负的巴别塔的诅咒。"

巴斯内特比雪莱乐观，在她那里，坩埚不再是腐化和毁灭的地方，而是变幻和新生的容器，是中转站，词之蛹，是凤凰最后和最初的栖息地。在她和安德烈·勒菲弗尔合著的《文化构建——文学翻译论集》(*Constructing Cultures—Essays on Literary Translation*)里一篇题为《移植种子：诗歌与翻译》的文章中，巴斯内特一上来就抨击了把写诗的过程神秘化、传奇化的做派，说这都是"后浪漫主义者干下的勾当"——在他们那里，诗人不是常人，而是一种昼伏夜出、怪癖多多（爱吃鱼眼珠，抠墙上的油漆，只穿一只袜子）、不喝酒不嗑药就无法创作的神圣、忧郁而纠结的生物。而诗歌这种醉狂的产物自然就成了"不可译"的——有谁能模仿另一个人的醉态呢？巴斯内特要求把诗人拉回人间，承认写诗和其他创作一样，是一种辛勤而可以把握的劳作，在此基础上再去脚踏实地地讨论诗歌翻译会遇到的实际问题。

庞德的"三分法"

诗人艾兹拉·庞德，美国意象派老祖，中国古诗集

《华夏》的英译者（虽然他不懂中文），诗论家，漩涡主义的提出者。他在《文学论文集》里将文字中的诗元素分为三类，第一类是诗音（melopoeia）。狭义的诗音即所谓音韵声律，广义的诗音则可指蕴含在文字中的一切对表情达意起作用的音乐性。庞德认为，诗音可以被"耳朵灵光的外国人"感知一二，却是不可翻译的，除非遇上"神圣绝伦的巧合"，或是以"每次翻译半行"的龟速——至多只能是重造。

不妨以最简单粗粝的，中古英语文学中盛行的头韵为例，对于"laverd Drihten Crist, domes waldende/Midelarde mund, monnen frovre"（莱亚门《布鲁特》，卡利古拉手抄本12760—12761行）这样的句子，中译者要如何再现下半句中那三个如铁砧般轰响的"m"音？何况情况常常要复杂得多。一切音节皆有生命，"m"的发音令人想起所有浑浊、危险、未定形之物，比如月亮（moon），比如没药（myrrh），比如催眠术（mesmerism）。一个好的读诗者，其内耳和外耳应当是同时张开的，他必须对这些细微的、无声的暗示足够敏感，方能以自己的方式尽可能地接近作者，而这些细小的差异完全不是另一种语言可以复制的。单独一个辅音尚如此，更别提一个音步、一行诗、一个诗节了。老一辈译家中不乏用旧体诗的平仄去模仿西文诗的抑扬、严格调整汉字字数去对应西文诗长短音步的尝试，结果可想而知。从语言固有的内在差异性看来，这类尝试注定要失败。另一方面，尝试的过程也反过来提醒我们注意这种种差异性，带来了意外的趣味。可以说，翻译"诗音"的价值在翻译之外。

庞德举出的第二种诗元素是"诗象"（phanopoeia），"诗中之图"，也即语言中富于画面感的意象。自然，意象在庞德的诗歌体系里占据了中心地位，他认为诗象是三要素中最容易翻译的——最直接，最容易找到对等物——这也是他选择翻译高度意象化的日本俳句和中国古诗的原因之一。反过来，他自己最负盛名、最多被译成中文的诗作亦是那些"图画诗"，比如这首只有两行的《地铁车站》（"In a Station of the Metro"）：

人群中鬼魅般的脸，
湿漉漉的黑树枝上的花瓣。

第三种元素是"诗蕴"（logopoeia）——诗歌的内在逻

辑，语词间流动的思想。庞德认为诗蕴和诗音一样，都是不可翻译的，但可以被"复述"，或通过加注等方法进行局部复制——虽然这样一来，诗歌的可读性就要大打折扣了。庞德建议译者首先揣测诗人落笔时的心境，于是这又把我们带回了雪莱那里，带回到"移植种子"这个玄乎的说法上来。具体如何操作？

福尔摩斯的"四程式"

翻译家詹姆斯·福尔摩斯（James Holmes）提出，在翻译诗歌的外在形式时，有四种可供选择的基本程式。第一种是所谓的"模仿式"（mimetic form），译者将一首诗的形式在另一种语言中完好保存下来——这当然是一种理想状态。最成功的"模仿"大概也只能被称作"戏拟"。福尔摩斯举了将莎士比亚戏剧中的素体诗译成德语的例子。对我们而言，一个更精确的例子或许是《伊吕波歌》（"いろは歌"）的中译。

《伊吕波歌》又称《以吕叶歌》或《色叶歌》，是日本平安时代中期的一首七五调四句诗歌，相传是高僧空海所作（已被考证为不靠谱），由五十音图中四十七个不同假名不重复地各出现一次编写而成，因此常被用作假名识字字帖，有点像我们的《三字经》，"いろは"相当于英文所说的ABC，"最基本"的意思。后世的和歌和俳句许多都是从《伊吕波歌》演变而来，不过是把最初的"七五调"（前半句七字，后半句五字）加长或减短。《伊吕波歌》的这种形式和中国的七绝颇为相似，用模仿法将它译成七绝就比较具有可操作性：

《伊吕波歌》原文：
  いろはにほへとちりぬるを
  わかよたれそつねならむ
  うゐのおくやまけふこえて
  あさきゆめみしゑひもせす

三种中译：
  1. 花虽芳香奈何落，吾人谁寿百年多，

现实深山今即越，不梦不醉免蹉跎。

2. 花香花谢几蹉跎，人世无常苦奈何，
生灭超脱原是法，一场春梦醉中过。

3. 佛法常言色即空，落花犹比世无恒，
深山此日从头越，不复沉沦醉梦中。

以上三首并不是严格意义上的七绝（平仄、复字等问题），但就断句、义群和形式而言，已与平假名原文十分接近，反而没有必要非去复制一首完全符合近体诗格律的中国诗。

第二种是"类比式"（analogical form）。福尔摩斯认为，译者可以自行判断一首诗的形式具有何种功能，然后在另一种语言中寻找可以发挥近似功能的形式。比如法语亚历山大诗行与英语素体诗之间的互译——法语和英语最好的那一部分古典戏剧分别是以亚历山大体和素体写就的。类比法比较灵通，有时则太过灵通：1946年企鹅版荷马史诗的译者E.V. Rieu在译序中指出：《伊利亚特》应作古典悲剧读,《奥德赛》应作小说读——确实有道理——但他接下去理论联系实际,真的把《奥德赛》译成了一部散文体小说——也就取消了原著中所有属于诗歌的特性。

第三种是"内容派生式"(content-derivative form),或称"有机式"(organic form)。译者从原诗的语义着手,为它创造一种新的形式。在此过程中诗的形式被看作外在于诗的内容而存在的,至少不是一一对应、密不可分的。随着自由诗兴起,二十世纪大部分诗歌翻译家采取的都是这种做法,庞德在翻译中国古诗时,走的也是这个路子。

第四种是"偏离式"(deviant form),或称"外在式"(extraneous form)。使用这种方法的译者在为译诗寻找形式时既不依赖原诗的形式,又不参考其内容。要区分偏离法和内容派生法往往是困难的:巴西诗人奥古斯都·德·坎波斯将威廉·布莱克的名诗《病玫瑰》译成了一首"具象诗"——葡萄牙语单词围绕纸张形成一圈玫瑰花瓣,直至最后一个词逐渐消失在花心处——很难说这样的尝试是"派生"还是"偏离"。第三、第四种方法常被看作一种,合称为"有机法"。两者都回应了雪莱关于在新土壤中"移植种子"的主张,都强调翻译中的创作因素,旨在制造一件自树一帜的新作品,也鼓励译者最大限度地自由发挥。然而,"有机法"的缺点也是显而易见的,以庞德翻译的李白《送友人》为例:

李白原诗:

《送友人》
青山横北郭,白水绕东城。
此地一为别,孤蓬万里征。
浮云游子意,落日故人情。
挥手自兹去,萧萧班马鸣。

庞德的英译:

Taking Leave of a Friend

Blue mountains to the north of the walls,
White river winding about them;
Here we must make separation

And go out through a thousand miles of dead grass.

Mind like a floating wide cloud.

Sunset like the parting of old acquaintances

Who bow over their clasped hands at a distance.

Our horses neigh to each other

        as we are departing.

不难看出,尽管庞德成功地在英译中保存了原诗的大部分意象,这却不再是一首情景交融的离别绝唱。从遣词上讲,那些植根于中国文学传统,有着汉语旧诗读者所熟悉的弦外之音的词汇降格成了苍白的描述性词汇:"枯死的草"(dead grass)代替了"孤蓬","飘荡的宽云"(floating wide cloud)代替了"浮云","我们的马"(our horses)代替了"班马"——"班马"本是离群之马,"萧萧班马鸣"化用自《诗经·小雅·车攻》("萧萧马鸣,悠悠旆旌。徒御不惊,大庖不盈。之子于征,有闻无声。允矣君子,展也大成"),读到"萧萧班马鸣"时,我们自觉不自觉地亦被带入了《车攻》的意境中。李白的诗是写给会在想象中自动作此联系的读者看的,到了庞德的英译中,这类无声的互文则全然不见,稀释了原先充沛的诗意。至于像"游子"这样的题眼则干脆被第一人称的"我们"替代了。从音律上讲,庞德将一首五律译成了自由体——不是说自由体没有韵律,一首好的自由诗,其秘而不宣的内在韵律往往比传统的押韵等更能抓住读者的"内耳"——但我们在这首译诗中找不到诸如此类的音乐性。从诗歌的内在逻辑来讲,《送友人》孕育于一个强大的律诗传统,从首联到尾联,起承转合浑然天成。与之相比,庞德的句读则显得僵硬,将"落日故人情"与"挥手自兹去"用一个定语从句串起固然是语法需要,将"萧萧班马鸣"断为两行则没有必要。最后,方块字可以像搭积木一样,直接搭出"浮云游子意,落日故人情"这样的组合,英译却不得不连加两个醒目而尴尬的喻词:"心思*像*飘荡的宽云,落日*像*离别的老友"——这当然是语言自身特性决定的,怪不得庞德,但李白若地下有知,恐怕很难对他感激涕零。《华夏》中的大部分译诗都存在类似的问题:意象大致保存了下来,作为一首诗却显得平淡和单薄不已。庞德说"诗音""诗蕴"不可译,唯"诗象"尚可操作,或许也是从自己的翻译实践中得出的无奈的结论。

在福尔摩斯提出的四种翻译程式中,"外在式"包含了最多的游戏空间,也给了译者最大的自由去重创一首诗的形式,然而类似于德·坎波斯译《病玫瑰》的灵感是可遇不可求的,正是钱锺书《寻诗》中所谓"寻诗争似诗寻我,伫兴追逋事不同。……五合可参虔礼谱,偶然欲作最能工"。更何况,一首诗的效果越是依赖于它的形式,要在另一种语言中找到同样有效的对等形式就越是困难,比如说,我们要如何把卡明斯的这首表现孤独的名诗译成中文?

l(a

—e. e. cummings

l(a
le
af
fa
ll
s)
one

解谜与成谜

l

iness

在这首诗中,一个单词被圆括号打断:"l one l iness"——"loneliness"(孤独)。然后,在圆括号内有一个短语:"一片树叶飘落"——描述了一个事件。庞德会把这种描述称作一个"意象"。在这首诗里,这个意象表现了关于"孤独"的一种想法或主题,由此将具体和抽象融合了起来。首先,注意诗中表现"一"的手法,"一"是"孤独"的符号之一,诗歌由字母"l"起头,在原诗的印刷体中,这个字母看起来像数字"1"。甚至把"l"和"a"隔开的单边圆括号也突出了字母"l"的孤立性。然后是"le",法语中的单数定冠词。"一"的概念在"ll"的形状中成双。随后,卡明斯几乎是直抒胸臆地写上了"one"(一个)这个词,后面紧跟着"l",以及最后的"iness"("我性"?)。在初版的诗集中,这首诗是开篇立意的第一首。当我们的目光追随诗中的元音时,我们的眼睛沿着一条曲线蜿蜒向下,恰似一片树叶飘落的轨迹。那片唯一的、下坠的、消逝中的、走向死亡的树叶——许许多多树叶中的一片——完美地帮助我们从一个垂死者的视角加深了对于孤独的理解。人和树叶一样，活着的时候，他们彼此相依，成队成簇；然而他们必须独自步向死亡，如同这片离群的树叶。《I（a）》的意象如此具体直接，却是为了表达最为抽象的内涵，并且，尽管《I（a）》的"诗象"如此具体直接，我们却很难依照庞德的训诫，在任何一种别的语言中为它找到对等的形式。

隐喻的翻译

二十世纪翻译理论巨擘之一彼得·纽马克（Peter Newmark）在《翻译问题探究》（*Approaches to Translation*）一书中将隐喻分为三类：死隐喻（或称"化石隐喻"）、标准隐喻（或称"库存隐喻"）和新隐喻（或称"创意隐喻"）。纽马克认为死隐喻最容易翻译，它们在源语言中被用了太多次，以至于已经起不了什么修辞效果，只需照字面直译，或在目标语言中找一个同样陈腐而不起眼的词语代替即可。

被乔治·奥威尔诟病不已的"阿喀琉斯之踵"（Achilles' heel）、"像黄瓜一样冷静"（as cool as a cucumber）、"像马一样辛勤工作"（work like a horse）在今日的英语就属于这类过了气的"化石隐喻"——哪怕它们被直译成中文时看起来并不那么陈腐——有心的中译者当明白，一个英语作家在使用以上这些词组时并不想标新立异，只是在用家常词汇完成一次平淡的叙事，与之对等、同样不起眼的中译可以是"致命伤""泰然自若"和"做死做活"。

比较有趣的是纽马克对翻译"创意隐喻"的看法，他认为："假定一个创意隐喻值得翻译，那么毫无疑问，它越是标新立异，令人弹眼落睛（因而距离本民族特有的文化越远），也就越是容易翻译，因为它在远离文化因素的同时，本质上也会远离一般的语义系统。"乍一看，这句容易让人想起钱锺书在《读〈拉奥孔〉》中所说："不同处愈多愈大，则相同处愈有烘托；分得愈远，则合得愈出人意表，比喻就愈新颖。"但是，比喻越新颖，越"出人意表"，是否就一定距离本民族文化传统更远？纽马克圆括号里的假设并不总能成立，尽管令人惊喜的隐喻确实往往"会远离一般的语义系统"，却未必缺乏文化因素，有时候，其令人惊喜的效果恰恰就植根于本国的文化传统中。

比如顾贞观《弹指词》中一首《南乡子》云："掷罢金钱弄玉环，身似离爻中断也，单单。"诗人以经卦中离爻的形状来比喻闺中少妇的形单影只，可谓鲜活生动。而对于不熟悉《易》的非母语读者而言，要理解"像离爻一样孤单"（as lonely as the divinatory symbol of Li）是怎么个孤单法，就需要加上一长串译注，对诗歌阅读者而言，在这痛苦的"学习知识"的过程中，这个新奇比喻的妙趣也荡然无存了。类似可举徐尔铉《踏莎行》中"人言路远是天涯，天涯更比残更短"一句，用时间之长（"残更"）比拟距离之远（"天涯"）在中国古诗中并不鲜见，对于非汉语读者则称得上新奇，但要领会这新奇，读者必须先对"残更"究竟是哪个时间段有个大致了解，才会明白诗人是在用慢慢长路比喻黎明前的黑暗。有谁能说翻译这样的"创意隐喻"是小事一桩呢？再者有大家熟悉的杜甫《赠卫八处士》中"人生不相见，动如参与商"一句，亦是植根于传统文化对全天二十八宿的划分。以上比喻就其效果而言都可列入纽马克所谓"创意隐喻"中，但却无不蕴涵着丰富的文化因素，并且也绝不容易翻译。

解谜与成谜

"测不准"与确定性

说来说去,我们到底应该如何去翻译一首诗?在译诗的过程中究竟发生了什么?巴斯内特在她的书中强调了一种"游戏性"(jouissance),作为情智训练的谐趣是读诗和译诗中不可缺少的环节。诗人奥克塔维亚·帕斯则说:

沉浸在语言流动中、中了词语之魔的诗人选择一些词——或是被那些词语选择。他将它们组装成诗:一种由无可替代、不能改变的字符制成的什物。译者的起点并非那为诗人提供了原材料的流动中的语言,而是诗中固定下来的语言:凝固却依然有生命力的语言。译者的劳作过程与诗人相反:他不是用易变的字符来建造一个不可更改的文本,而是要拆卸文本中的各种固定元素,解放这些符号,使之重新流动,而后再将它们回归到语言中。

在某种意义上，我们可以认为，诗人的工作是使语言成谜，译者的工作是解谜，并在此依据上编写新的谜面；先为读者，再为作者。可以粗略地用箭头表示这两种过程：

写诗："测不准"（比如：促使诗人落笔的动机）→ 确定性（以固定面貌呈现在读者面前的诗作）

译诗：确定性（以固定面貌呈现在读者面前的诗作）→ "测不准"（此诗在译者心中形成的印象、激发的情感）→ 确定性（以固定面貌呈现在读者面前的译诗）

除却其他众所周知的条件外，一首好的译诗当能维持与原诗相当的隐晦程度，换句话说，好的译者，他的工作是在解开"谜底"后，用新语言编制一个难度相当的"谜面"。就这一点而言，逐字直译的结果再如何"信"，若是以支离破碎的诗意为代价，就称不上是一首好的译诗，甚至称不上是一首诗。译诗者首先忠于的当是诗歌本身，以及诗人的风格，而非仅仅忠于原诗的字面。理想的情况下，好的译诗者本人同时应该是个好诗人，通过诗歌与他的同行神交。如果他足够努力的话，语言的湍流藏匿暗礁也藏匿珍宝，在某个幸运的时刻，谁知道呢，巴别塔的诅咒也可能会变身为意外的福佑。

本文原载《上海文化》2010年第三期。

青年翻译家的缮写台

薛荔蒂丝之歌

[法] 皮埃尔·路易

第一歌　树

我褪去衣衫，爬到一棵树上，赤裸的双腿抱紧光滑而潮湿的树皮，草鞋踩在树枝上。

我爬到最高处，却仍在叶簇底下，在热气的阴影下，我跨骑在一根探出的枝桠上，脚丫悬空，来回摆荡。

之前下过了雨。雨滴落下，在我皮肤上纵流。我的手上沾满了青苔，我的脚趾被踏碎的花儿染成了红色。

有风穿过的时候，我能感觉到这棵美丽大树生命的律动。于是我夹紧了双腿，将微启的嘴唇覆在一根树枝多毛的颈背上。

第二歌　牧曲

要唱一支牧曲，唤来潘，那位夏风之神。我守护我的羊群，塞勒涅守护她的，在橄榄树摇颤的圆影下。

塞勒涅躺在草甸上。她起身，撒丫子跑开，一忽儿找蝉，一忽儿摘取花朵和芳草，一忽儿在清凉的溪水中洗脸。

我呢，我扯下绵羊背上的金鬃，绕满我的卷轴；我纺纱。时光悠悠，一只鹰掠过苍空。

日影偏斜，我们移动无花果篮和羊奶罐。要唱一支牧曲，唤来潘，那位夏风之神呵。

第三歌　母亲的话

夜色中，母亲为我沐浴，她在烈日下为我穿衣，在光中为我梳发。倘若我在月色中出门，她就束紧我的腰带，再打一个双结。

匈牙利插画家Willy Pogany为
1926年英文版《薛荔蒂丝之歌》所作插图

她对我说:"和处女们嬉戏,同小孩子跳舞;别透过窗子朝外眺望;年轻小伙的话你不要听,寡妇的忠告你要敬畏。

"有一天薄暮,像其他所有少女一样,在喜庆的人群中央,一个男人将抱你迈过那门槛,手鼓音色洪亮,笛子深情款款。

"在你将要离开的那一夜,薛荔蒂丝呵,你会留给我三只装胆汁的葫芦:一只留给早晨,一只留给正午,还有第三只,最最苦涩的第三只,那是为节日准备的。"

第四歌 裸足

我有一头沿背部垂下的黑发,戴一顶圆圆的小帽。我的羊毛衣是白色的,我健壮的双腿被太阳晒成棕褐色。

如果我住在城市里,我就会有黄金打造的首饰、镶金边的衣衫、白银做的鞋子……我望着我的裸足,尘土是它们的鞋。

普索菲!来这里,小可怜!带我去到河上游,以你的手洗濯我的脚，把橄榄和紫罗兰一起挤碎，好用花儿把我的脚熏香。

今天你要做我的奴隶；你要追随我，伺候我。日暮时分，我会送你我母亲圃子里的小扁豆，好去带给你母亲。

第五歌　老人与宁芙

一位盲老人在山里栖居，由于看见了宁芙们，他的双目失明已久。从此，他的幸福就是那遥远的记忆。

"是的，他对我说，他曾见过她们。茜洛普茜克莉娅，林楠蒂丝，她们站着，在岸边，在菲娑丝的碧色池塘里。水波闪耀，漫过了她们的膝盖。

"她们长长的秀发沿双肩泄下，指甲如蝉翼般单薄，中空的乳头如同风信子花萼。

"她们的手指掠过水面，从看不见的淤泥里扯下长茎的睡莲。在她们分开的双腿周围，荡开一圈圈悠悠的涟漪……"

第六歌　歌谣

——阿龟,[1] 你在那儿做什么?

——我在编织羊毛,纺米利都的纱。

——唉呀,唉呀!你为什么不来跳舞?

——我有许多悲伤。我有许多悲伤。

——阿龟,你在那儿做什么?

——我切削芦苇,好做葬礼用的双管箫。

——唉呀,唉呀!发生了什么事儿?

——我将永不开口。我将永不开口。

——阿龟,你在那儿做什么?

——我压榨橄榄,好准备涂墓碑用的油。[2]

1　原文中少女的名字为 Torti-tortue,此处暗指人的动作磨磨蹭蹭,为对话中少女的绰号或昵称。
2　Stèle 原指雕有纹饰或碑铭的纪念碑,常为纪念逝者而树,古希腊人有在碑铭上涂油的墓葬风俗。

——唉呀，唉呀！那么是谁死了呢？
——你怎能问这个？你怎能问这个？

——阿龟，你在那儿做什么？
——他落入了海中……
——唉呀，唉呀！怎么会这样呢？
——从白马背上摔下。从白马背上摔下。

第七歌　路人

夜晚，我坐在屋门前，一个年轻人打面前经过。他看着我，我转过头去。他对我说话，我没搭理他。

他想要靠近我，我抓起一把倚在墙上的长柄镰刀，假如他再走近一步，我就要割伤他的面颊。

于是他后退了一点，露出一丝微笑，从手心朝我飞了个吻，一边说："收下这个吻。"我叫喊起来，我哭了。于是妈妈跑了过来。

她焦虑不安，以为我被蝎子蜇了。我哭诉着："他亲了我。"妈妈也抱了我，妈妈用双臂拥抱着我。

第八歌　醒

　　天已大亮。我得起床了。可是，早晨的阳光是这么甜蜜，床是这么温暖，我于是继续蜷缩着。我想再躺一会儿。

　　过不了多久，我就要去到羊圈里。我要给山羊们喂草，喂花，还有一袋从我和它们同饮的井里打来的清凉的水。

　　然后，我要把它们拴在桩上，好挤压它们甜蜜而微温的乳房；假如羊羔们不嫉妒的话，我要和它们一起吮吸母羊柔软的乳头。

　　阿玛忒娅还没喂过德泽斯？那么我去吧。但还不是现在。太阳升起得太早了，妈妈还没有醒来哪。

第九歌 雨

细雨把一切都润湿了,温柔缱绻,寂静无声。雨又落了一会儿。我要去到那些树下,光着脚,好不让泥蹭上鞋子。

春雨是多么美妙呵。枝头开满了湿漉漉的花朵,散发出令我忘怀一切的清香。可以看见鲜嫩的树皮在阳光下微光闪烁。

嗜!满地都落满了花!可怜可怜这些落花吧。不要扫,不要把它们碾入泥巴,把它们留给蜜蜂吧。

金龟子和蚰蜒在水洼与水洼之间穿过路面,我不想踩到它们,也不想惊吓到那条金黄色的蜥蜴,它正舒开身子,眼皮儿眨啊眨的。

第十歌 花朵

林间和泉源中的宁芙,好心的朋友们,我来了。别躲藏,来帮帮我,我急需许多摘下的花。

我要在整片森林里找出一个可怜的、高举着手臂的林中泽女,在她那绿叶色的头发里,我要采下一朵最葳蕤的玫瑰。

瞧:我已在田野里采了这么多玫瑰,如果你们不帮我扎一个花束,我可没法带它们回家。若你们拒绝,那么小心:

你们中间有着橘色头发的那位,昨天,我看见她像野兽一样和萨梯蓝普罗萨特交媾,我要揭发她这不知羞耻的。

第十一歌　不耐烦

我哭着投入她的怀抱,她感到我的热泪滚下她的肩膀,良久,我的悲伤才容我开口:

"唉呀!我再也不是个小娃儿了;那些年轻人都不看我。什么时候我才能和你一样,拥有撑起裙袍、引人亲吻的少女酥胸?

"若我的内衫滑脱,没有人会投来好奇的目光;没有人收集从我发间散下的花朵;没有人会说,若我吻了别人,他就要把我杀死。"

她温柔地答道:"薛荔蒂丝,小处女,你像猫儿般对着月亮哭喊,你在无事生非。最没耐心的女孩不会最早被选中。"

第十二歌　攀比

鹡鸰,塞浦路斯之鸟,同我们最初的欲望一起高唱!少女新鲜的肢体被花朵覆满,犹如大地。我们一切梦境的夜晚渐渐降临,我们说起悄悄话。

有时我们会一起比较我们迥异的美貌,我们已长的浓密头发,我们尚娇小未发的年轻胸脯,我们鹌鹑一样圆圆的、蜷缩在新生绒毛下的阴丘。

昨天,我和我大姐梅兰托大斗了一场。她炫耀自己刚发育一个月的乳房,指着我平滑的内衫,管我叫黄毛丫头。

没有一个男人能看见我们，我俩在女孩儿们跟前裸着身子模仿对方，结果呢，即便她在某一点上取胜，其他方面我也远远胜过她。鹁鸪，塞浦路斯之鸟，同我们最初的欲望一起高唱！

第十三歌　林中溪

我独自一人在森林溪涧中洗浴。我准是吓到了林中泽女，因为我只能费劲地隐隐感觉到她们在远处，在幽暗的水下。

我呼唤她们。为了一次把她们全部招来，我将黑色鸢尾同黄色桂竹香的总状花序编在一起，在颈背束成发辫。

我用一束飘逸的长水草编了一条绿腰带，为了能看见它，我挤压胸脯，并把脑袋向前探出一点儿。

然后我叫喊："泽女！泽女！乖乖的，来和我一起玩。"然而泽女是透明的，或许，不知不觉中，我已经爱抚过她们轻盈的手臂。

第十四歌　菲塔·梅莉艾

当日头不那么灼人时,我们要去河畔玩耍,我们要争夺一朵纤柔的报春花,一朵湿润的风信子。

我们编织圆项圈,还有竞赛用的花叶环。我们手拉着手,也拉住彼此短衫的末端。

菲塔·梅莉艾!给我们蜂蜜。菲塔·梅莉艾!让我们和你一起沐浴。菲塔·梅莉艾!为我们大汗淋漓的身体送来温柔的树荫。

而我们会献上,好心的宁芙啊,不是可耻的葡萄酒,而是香油、牛奶和卷角的山羊。

第十五歌　象征的指环

从萨尔蒂丝归来的旅客们说起吕底亚女人满戴的项链和宝石,从发顶一直到她们化过妆的足。

我故乡的少女既没有手镯也没有头冠，但她们的手指上套着一枚银指环，指环的底盘上刻着女神的三角。

当她们将尖端转向外面，这就意味着：芳心未俘。当她们把尖端转向内侧，这就意味着：心有所属。

男人们相信这些。女人们可不。对我来说，我不怎么注意尖端转向何方，因为心儿会轻易挣脱。我的心总在等待被俘。

《薛荔蒂丝之歌》(*Les Chansons de Bilitis*) 1894年在巴黎初版时署名"皮埃尔·路易由希腊文翻译"(Traduites du grec par Pierre Louÿs)，实为皮埃尔·路易（1870—1925）本人假托萨福时期的古希腊女诗人薛荔蒂丝所作，路易精心手拟了一整套"考古文献"与三篇墓志铭，愚弄了一代法国文学史家。深受巴拿斯诗派影响的路易除了继承七星诗社以来信而好古、师法希腊的那一支法国诗脉以外，更与唯美主义和情色文学有着千丝万缕的联系，其好友德彪西曾为《薛荔蒂丝之歌》谱曲。

《薛荔蒂丝之歌》正文分为三部分："蓬菲莉牧歌"（第一至四十六歌）、"米蒂莲哀歌"（第四十七至九十八歌，米蒂莲即萨福所居莱斯博斯岛的别称）和"塞浦路斯岛碑铭"（第九十九至一百五十五歌），分别追溯了薛荔蒂丝在三个不同地区的生命历程，其身份也从少女一路变作了塞浦路斯的神娼。正文之后是三篇路易称由考古学家M. G. 汉姆在二千四百年前的墓室中发现的墓志铭，归入"薛荔蒂丝之墓"这一标题下。

这里节选"蓬菲莉牧歌"第一至十五歌，由1898年法兰西墨丘利出版社刊行的第二版《薛荔蒂丝之歌》法语译出，该版题献文为："一本关于古老爱情的小书，献给未来社会的少女。"

斑驳之美

[英]杰拉尔德·曼雷·霍普金斯

荣耀归属我主,为那驳杂的万物——
  为那花牝斑纹的二色苍穹;
    为着泳中鳟鱼的点点玫瑰痣;
新鲜炭火般的落栗,燕雀的翅;
  星罗棋布的田块:山地、闲地、耕地;
    各行各业,其齿轮、滑车、配件。

所有反常、独特、无用及奇绝之物;
  所有不息的变幻(谁又知晓如何?)——
    都掺杂着缓急、甜酸与晦明;
我主创造万物,永恒美满;
      当将祂赞颂。

译诗收入《艺术和人文：艺术导论》，F. 大卫·马丁著，包慧怡、黄少婷译，上海社会科学院出版社2007年版，有微调。杰拉尔德·曼雷·霍普金斯（Gerald Manley Hopkins, 1844—1889），英国维多利亚时期重要诗人，耶稣会士，生前从未出版诗集，其作品于1918年被结集出版后，对 T. S. 艾略特、W. H. 奥登、迪兰·托马斯等现代诗人产生深远影响。

夜空

[英] R. S. 托马斯

它们正说的是
那儿也有生命：
宇宙是它现在的大小
为了让我们赶上。

它们点亮自属人之物：
那闪光是它们智性的
倒影。神性
是头脑对于尚未住进房客的

空间的殖民。它是它本身的
光，一种超越概念性真理
之语言的叙述。每个夜晚

都是对我静脉之中黑暗的

一次漂洗。我让星辰以火焰
为我注射,它那么遥远,又那么静
烧灼起我的绝望来
却坚定不移。我是个缓慢的

旅行者,但抵达的时间
仍有余。在呼吸的间歇中
憩息着,我拾起传递给我的信号
来自我能理解的圆周。

R. S. 托马斯(Ronald Stuart Thomas, 1913—2000),威尔士神父诗人,1996年被提名诺贝尔文学奖(*最终获奖的是爱尔兰诗人希尼*)。托马斯擅用一种精确而明净的语言,探索诗歌回答神学问题的可能性。

读者

[美]华莱士·史蒂文斯

整夜我坐着,读一本书
坐着读,仿佛身处一本
 页页阴郁的书中

那是秋天,坠落的星辰
 覆盖了月色中蹲伏的
  枯皱的形体

我读着书,没有点灯
一个声音喃喃道:"万物
  都将坠回寒冷中

哪怕是片叶无存的花园中

麝香味道的圆叶葡萄

甜瓜，嫣红的梨。"

阴郁的纸页上没有印字

　　除了结霜的天堂里

　　焚烧的星痕

华莱士·史蒂文斯（Wallace Stevens，1879—1955），20世纪美国最重要的现代主义诗人之一，1955年获普利策诗歌奖。

驶向拜占庭

[爱尔兰] 威廉·巴特勒·叶芝

I

那国度不属于老人。年轻人
躺在彼此怀中,鸟儿在树上
垂死的世代仍在歌咏,
鲑鱼之瀑,青花鱼簇拥的海洋
游鱼、走兽、飞禽,长达一夏地赞颂
受孕、出生、消亡的万物。
沉溺于感官的天籁,个个忘却
智性那永垂不朽的纪念碑。

II

老人不过是无用之物,

一件褴褛的外套挂上拐杖
除非灵魂击掌高唱,为这
尘世衣衫的每次绽裂唱得更响!
再也不见教人高歌的学堂
它只埋首研究自己往昔的辉煌;
所以我远渡重洋,抵达
拜占庭那神圣的城邦。

III

噢,立于上帝火焰中的诸贤
仿佛镶嵌于黄金马赛克之壁
走出那圣火吧,线轴飞旋
来成为我灵魂的歌唱导师!
来燃尽我心;它思欲成疾
拴在一头垂死的动物身上
它不知道它所是!收我去吧
将我纳入那亘古不变的工艺。

IV

一旦挣脱自然,我将永不

再从任何自然之物获得身形,

而要披上古希腊金匠

从锻金和金镀中萃取的形体

把昏睡的皇帝惊出梦乡;

或者置我于金黄的树梢,向着

拜占庭的王公仕女们高唱

那已逝、渐逝、将逝的时光。

2014年叶芝诞辰150周年之际,爱尔兰诗人总统迈克尔·希金斯访华期间将本诗及拙译装裱后作为国宾礼物送给中方。

爱尔兰总统希金斯的诗歌礼物

一种艺术

[美] 伊丽莎白·毕肖普

失去的艺术不难掌握；
如此多的事物似乎下定决心
要被失去，因此失去它们并非灾祸。

每天都失去一样东西。接受失去
门钥匙的慌张，接受蹉跎而逝的光阴。
失去的艺术不难掌握。

于是练习失去得更快，更多：
地方、姓名，以及你计划去旅行的
目的地。失去这些不会带来灾祸。

我丢失了母亲的手表。看！我的三座

爱屋中的最后一座、倒数第二座不见了。
失去的艺术不难掌握。

我失去两座城,可爱的城。还有更大的
我拥有的某些领地、两条河、一片大洲。
我想念它们,但那并非灾祸。

——即使失去你(戏谑的嗓音,我爱的
一种姿势)我不会撒谎。显然
失去的艺术不算太难掌握
即使那看起来(写下来!)像一场灾祸。

  本诗为维拉内勒体(Villanelle),16世纪开始源于法国的十九行诗体,由五节三行诗与一节四行诗组成,第一节中的一、三句为叠句并且押尾韵,在其余诗节第三句交替重复,直至最后一节中同时重复,译诗原样复制。一般认为维拉内勒体的正式确立始于让·帕斯华(Jean Passerat)的法语名诗《我丢失了我的小斑鸠》(1606)。Villanelle一词源于拉丁文,原指田园牧歌或民谣。本诗写于毕肖普与爱丽丝·梅斯菲索恋爱关系的危机期,后者当时与一名男子有过短暂的婚约。根据两人共同好友劳埃德·史沃兹(Lloyd Schwartz)的看法,这首诗在一定程度上挽救了两人的关系。史沃兹说:"我想,写作这首诗的过程救了她(毕肖普),她当时已陷入绝望。"梅斯菲索后来取消了婚约,两人相伴直至毕肖普去世。

北海芬

[美]伊丽莎白·毕肖普

纪念罗伯特·洛威尔

我能辨认出一英里外
纵帆船上的绳缆；我能清点
云杉上新生的球果。苍蓝港湾
如此宁谧，披着乳色肌肤，空中
无云，除了一条绵长的，篦好的马尾。

群岛自上个夏天起就不曾漂移，
即使我愿意假装它们已移位
——凫游着，如梦似幻，
向北一点儿，向南一点儿或微微偏向
并且在海湾的蓝色界限中是自由的。

这个月，我们钟爱的一座岛上鲜花盛开：

毛茛、朝颜剪秋罗、深紫豌豆花，

山柳菊仍在灼烧，雏菊斑斓，小米草，

馥郁的蓬子菜那白热的星辰，

还有更多花朵重返，将草甸涂抹得欢快。

金翅雀归来，或其他类似的飞禽，

白喉雀五个音节的歌谣，

如泣如诉，把眼泪带入眼中。

大自然重复自身，或几乎是这样：

重复、重复、重复；修改、修改、修改。

多年以前，你告诉我是在此地

（1932年？）你第一次"发现了*姑娘们*"

学会驾驶帆船，学会亲吻。

你说你享受了"这般乐趣"，在那经典夏日。

（"乐趣"——它似乎总让你茫然失措……）

你离开北海芬,沉锚于它的礁石,
漂浮在神秘的蓝色之上……现在你——你已
永远离开。你不能再次打乱或重新安排
你的诗篇。(鸟雀们却可以重谱它们的歌。)
词语不会再变。悲伤的朋友,你不能再改。

    此诗写于1977年9月洛威尔去世后不久,一年后正式发表。北海芬(North Haven)是美国缅因州诺克斯郡皮诺波斯科特海湾畔的滨海小镇。1974年,毕肖普在此租屋,生命中最后几个夏季常常在此度过,住在北海芬以北卡斯汀村的洛威尔曾来此看望她。毕肖普曾在笔记本中写道,此处是个远离纷扰的理想隐居所:"从住处可以看见水域,一整片巨大的水域,还有田野。岛屿十分美丽。"

夜舞

[美]西尔维娅·普拉斯

一朵微笑落入草丛中。
再难寻回!

而你的夜舞
将如何迷失自身。在数学中?

如此精纯的跳跃与盘旋——
它们当然永远

在世上旅行,我不会只是坐着
任美被清空,你那

细小呼吸的礼物,你的睡眠

闻似湿透的青草,百合,百合。

它们的肉身彼此无关联。
自我冰冷的褶皱,马蹄莲,

还有卷丹,装饰着自己——
用斑点,和一抔滚烫的花瓣。

彗星们
要穿越这般宇宙,

这般的冰冷和健忘。
所以你的姿势片片飘零——

温暖而人性,然后它们粉色的光
流着血,剥落着

穿过天堂漆黑的失忆。
为什么我被给予

这些灯,这些行星
坠落如福佑,如雪花

有六条边,泛白
落上我的眼、我的唇、我的发

点触着,消融着。
难觅其踪。

　　此诗写于 1962 年 11 月 6 日,为《爱丽尔》中普拉斯最后的几首遗作之一。其时普拉斯刚带着两个孩子搬入菲茨罗伊路二十三号的新家,一般认为诗中的"你"是不到两岁的小儿子尼古拉斯。

拉撒路夫人

[美]西尔维娅·普拉斯

我又做了一次。
每十年一回
我设法完成——

某种行走的神迹,我的皮肤
如纳粹灯罩般明亮,
我的右脚

是镇纸,
我的脸是没有五官而精致的
犹太亚麻布。

撕掉纸巾

噢,我的仇敌。
我令人恐惧吗?——

鼻子、眼窝、全副牙齿?
这酸臭的呼吸
一日就会消失。

不久,不久后
被墓穴吞噬的肉身就会
与我相安无事。

我会成为微笑的女人。
我只有三十岁。
像猫一样,我可以死九次。

这是第三次。
怎样的垃圾
每十年就被消灭一回。

怎样成百万的纤维。

大嚼花生的人群

推推搡搡前来看

他们从头到脚替我松绑——

盛大的脱衣舞秀。

先生们，女士们

这是我的双手

我的膝盖。

我或许只剩皮包骨，

然而，我仍是原来那个丝毫未变的女人。

这事儿头一回发生时我十岁。

是一场事故。

第二回，我想要

让它持续，压根儿不再回来。

我颤巍巍地闭合

如一枚贝壳。

他们不得不喊啊喊

从我身上捡走蠕虫,如黏稠的珍珠。

死亡

是一门艺术,和别的一切一样。

我做得超凡卓绝。

我做出了地狱的感觉。

我做出了真实的感觉。

我想你能说,我肩负使命。

在墓穴里干这个不算难。

干完保持原状不算难。

是那戏剧性的

光天化日下的回归——

回到同一地点,面对同样的脸,同样的禽兽

兴味盎然的吆喝:

"神迹!"
——是这个击溃了我。
瞧一眼我的伤疤

要收费,听一听我的心跳
要收费——
这真的管用。

若要同我说话,摸一摸我
或是取走我的一点血
一丝头发或一片衣物

更要收费,一笔巨款。
所以,所以,*医生先生*。[1]
所以,*敌人先生*啊。

---

1 本诗中斜体部分原文为德语混合英语。

我是你的杰作，

我是你的珍宝，

融化成一声尖叫的

你的纯金宝贝。

我翻转，我燃烧。

别以为我轻视你了不起的关怀。

灰烬，灰烬——

你又戳又拨。

肉，骨头，那儿什么也没有——

一块肥皂蛋糕，

一枚结婚戒指，

一片黄金内胆。

上帝先生，路西法先生

小心

小心。

从灰烬中
我披着红发升起
噬人如空气。

此诗写于1962年10月23至29日,是最早收入《爱丽尔》的诗作之一。

致塞西莉亚

[美] F. S. 菲茨杰拉德

一百个快乐的六月前

当虚荣亲吻了虚荣,

他屏住呼吸默想她,

默想时间可能知悉的事物

他以她的名字和"生""死"押韵

"为这一次,为这一切,为爱",他说……

他的呼吸粉碎了她的美丽

她和她的情人们一同死去。

永远是他的心智而非她的眼睛

永远是他的艺术而非她的头发。

"学会了韵律的把戏的人,放聪明些

在他的十四行诗前停下步伐。"

菲茨杰拉德文集

F·Scott Fitzgerald

崩 溃
The Crack-Up

〔美〕F·S·菲茨杰拉德 著 黄昱宁 包慧怡 译

上海译文出版社

所以我的一切话语,无论多么真切
都可以将你唱到第一千个六月里
而永远不会有人知道
你只做了一个下午的美女。

四首译诗《致塞西莉亚》《涤罪之路》《时光》《献诗》最初刊载于 F. S. 菲茨杰拉德随笔与书信集《崩溃》(黄昱宁、包慧怡译,上海译文出版社2011年初版,2016年再版),本书作者翻译了其中的书信和诗歌。《致塞西莉亚》为菲茨杰拉德诗歌少作,被菲茨杰拉德修改为散文体后,收入《人间天堂》的第二卷第三章。

涤罪之路

[美] F. S. 菲茨杰拉德

我酣睡不醒,躺在一英寻深处
带着曾被约束的旧日渴望;
用一声尖叫打搅生活的卫士
暗夜正飞出灰沉沉的大门。
并在探求可被分享的信仰途中
我再次寻找那斩钉截铁的日子;
然而古旧的单调就在那儿——
长长的、长长的雨水大街。

哦,但愿我能再次起身!但愿我
能甩掉那瓶陈酒带来的心悸——
看见新的黎明在天空聚集,
还有童话般的尖塔,线条叠着线条——

在高空中找到每一次海市蜃楼
一种符号,而不再是一场幻梦!
然而古旧的单调就在那儿——
长长的、长长的雨水大街。

　　《涤罪之路》为菲茨杰拉德的诗歌少作,后来被菲茨杰拉德去掉诗题并略作改动后,置于小说《人间天堂》第二卷第五章开头处。

时光

［美］约翰·皮尔·毕肖普

悼念菲茨杰拉德

在真正的灵魂的暗夜里,时间
永远停留在凌晨三点钟。
——F. 司科特·菲茨杰拉德

I

一整天,知道你已死去
我坐在窗户开阔的房间里
凝视海面,忧伤于致命的悲恸
想着——虽然脑中一片空白——重现那
你我共同度过的时光——
那时你如初升的太阳

将似雨的野心遍洒于漫无目的的苍空之上

那预示着幻灭的时光

如今已无人与我分享的时光——

自从你死去,我形单影只。

II

这一天与每一天一样。尽管现在

每一天我们都等待着死亡。天空乌云密布

雪向岸边袭来,寒气栗人

沼泽犹如一片迷失的海,现在

海水满溢。是这样的时刻:大海

由于充满动量,看起来最为宁谧。

陆地与海水融为一体。沼泽消失不见,而我的悲痛

正水涨船高。除了沙丘外,一切都被淹没。

记忆满溢,我找回了

所有我们共度的时光,却找不到

钥匙。我找不到那丢失的钥匙,它通往你还是个野孩子时

藏身的银色壁橱。

III

我想着你做过的一切，以及你
死前本可能做的一切——
要不是绝望毁了你！当你如春天一般降临
发色如长寿花般淡黄
风一般充盈着灵感；当树林变秃
每种沉默正待唱响
没人比你更有希望。

那时没人比你更有希望，没人具有
你顽童的智慧和令人放松的优雅；
因为你像达那厄的儿子一般勇敢
和珀尔修斯一样，孕育于金色的梦中。
当你年轻时，没有人能如此敏捷地
在反光的盾牌中找到
一个戈尔贡时代的闪光面容。

任何爱情或幸运都不能抚平的绝望……

那可是你灾难之血中的一个故障?
来自一位不详的神明,搏动着
一切半途而废的热情的下场?
你躲避什么都赶不上躲避孤独
缺少安静的信心,被懊悔
逐出悲哀的亢奋之疆。

那可是因为你将凝视固着于
时光被斩下的头颅——高高挂起,失明
被血染的头发高高挂起?可是因为
你见到了那愤怒的盲眼上的鲜血
你看起来像是——并且变成了一个拥有
和那盲眼一样衰竭的恐惧的人?
你看了,却没有被变成石头。

IV

你比那夜间的恐怖活得更久
比那悬镜里低垂的脑袋

和受悲戚的幽灵之脸困扰的时光更久。

现在,你终于醉了。你在使人遗忘的
潜水运动中寻求的耻辱,你终于
得到了,在溶化一切的坟茔中。

V

我与你共度你受辱的时刻
我曾见你在夜里与人仇訾
悲哀的自厌
什么都掩饰不住
我听见你高喊:"我沉沦了。但你沉得更深!"
你有那种权利。
被诅咒的人并不那么配得上他们的诅咒。

我与你共度一些夜晚的时光
夜色深沉
光焰压低,

夜色深冥

光焰熄灭,

夜晚的狂欢已然逝去,

被驱逐的、用废了的娼妇的时辰

是过了三点,但还未到四点——

当老敲诈犯在门边守候

从下水沟里伸出毫不怜恤的双手

要求和往常一样的那份哀伤的罪责,

在这一无所有的赤贫时刻

灵魂了解失去灵魂的恐怖

也知道这世界太可悲

已不可能恢复,

但还不到四点钟——

无论是怜悯、骄傲、

勇敢、

财富、友谊、劳作带来的健忘

还是毒品,这时都徒劳无益,因为一切都试过了

没什么能将灵魂

从对灵魂之暗夜的认识中拯救出来。

死亡的时辰永远是四点钟

坟茔里永远是四点钟。

VI

听到你死去的消息后

一整天我都在这高高的屋子里徘徊

被锁于大海与云的光线中

想着——以海的钟点为单位——去照亮

你我共同度过的时光

那死亡不会谴责,爱情也不会赦免的时光。

我看见海上的灯塔把波浪劈成

涌向阴郁之岸的盐之队列

当浪花在迷失的沙滩上消失
我看见海岸后退，黄沙臣服。

垃圾撤离；闪着微光的岸恢复了
不成比例的倾度；沙丘把被淹没的边界
返还给受争议的国度——
一种凄怆的主动权，因为黑夜已降临。

黑夜已然降临。海湾，我不能为你们拔去绒毛
尽管海湾在这里疯长。因为这些树叶就如
被盖过了的名誉一般无常，被海风磨损。
我为何要发誓给予我无力给予的事物？

我无力用呼吸向死亡洞开的口中
那些音节吹入生命。
黑暗，黑暗。这海岸袭一身光之霓裳
哦黑暗！我把你留给这遗忘的夜晚！

菲茨杰拉德生前挚友和长年通信对象，美国诗人约翰·皮尔·毕肖普（John Peale Bishop, 1892—1944）为悼念菲茨杰拉德去世而作。

献诗

[美] 埃德蒙·威尔逊

悼念菲茨杰拉德

司科特,我今晚整理着你最后的残篇

分配着逗号,把重音校准

就如我曾点上标点、拼写、修剪

而你走过普林斯顿的春天——在这

该死的四分之一多个世纪后显得多么黯淡!

——将影子月桂留在我门前。

那是一出蛛丝般满织着梦的戏剧:布景是

一爿微光灼烁的、施了魔法般的、蓝绿色的、

肮脏的巴黎酒馆;悲伤的主人公是个

热爱掌声却一生茕茕孑立的男人;

他连续几周酗酒,忘记用餐,

"狂热工作",从失败中汲取养分
一种抒情的骄傲;他为酒馆里所有失声的小流氓
还有那些醉酒者和文盲
发出抒情之声;
一天午夜他被一个酒友刺杀——
被背叛,是被见不得人的罪孽自我背叛——
然后在小提琴声中淡出舞台。

今夜,在这幽暗且漫长的大西洋强风里
我落笔写下这么一个故事
而数吨的风将世界作为活动地带
撼动染黑的水域,那儿掠夺者们摸索着
我们蓝色的、有人洗浴的马萨诸塞州海洋;
海角随着深水炸弹被抑住的轰鸣摆荡;
枪炮可以将我在这些房间里打断
现在我在这儿尝试呼吸那来自
彩虹色泽的酗酒地窖的浓郁气味,重寻
那些明亮的旅馆,重新获得那热忱的步伐
你曾诉说过它们……司科特,明亮的旅馆已变得荒凉;

步伐不是跛足,就是跺脚;葡萄酒淡而无味;

而今夜的号角和小提琴也微弱难聆。

一圈黑暗吞噬了光线

如吞噬土地的火焰墙般狼奔豕突;

鲜血、脑力和劳作浇入土中;

在这里,在干我们这一行的同僚中间

一些人粗嘎地嗡嗡叫,一些人极度恐惧,张口结舌,

一些人发出甜美的声音,加入了异装的队列

就如朝着弹跳的茴芹口袋狂吠的猎犬,

一些人咽下黑暗,弓背坐着,无所事事,

猴子的头颅里装着被打晕的野兽的昏迷。

我花了四分之一个世纪之多

爬上大学的台阶,精疲力竭地打开房门,

学院的异类啊,我在那里找到了你:

苍白的肤色,坚定的绿眼睛,黄头发——

在镜子前面聚精会神地朝外瞪

几个酒窝是拿骚聚会的遗留物;

你并未窘迫地停下,在脸上抠出痘痕,

当我站着注视时,你继续凝视着。
今夜,从更加遥远的日子里,我发现,
比被留在过去的法国假日更远,
比毕业的春季距离秋季更远
——秋季,我们在市政厅下辛苦劳作——
穿过暴风雨和黑暗,时间的逆流,
你的镜子的光束令人惊喜地滑动——
如静止的、上了釉的镜子般为我带来
那坚定的绿眼睛的闪光。

角膜坚硬,水晶体寒冷,
那一对玻璃般的光学灯旋转、停止——
它们将自身的肖像复制到它们所铸造的事物之上,
在蓝色冰块或轻盈的花朵上调着颜色,
留下虹膜着了火的我们反复思忖,
不是思忖你所渴望的里茨饭店那么大的钻石
而是捧在手心的珠宝,它们松散地躺着:
有瑕疵的紫水晶;月光石那牛奶质地的蓝色;
苍白的透明电气石的冷蓝色;
带着变幻的黄色和嫩绿色的蛋白石

其中一道朱红的矿脉闪烁着逃逸——
锁着灵魂轻盈的混合酒精的紧口瓶；
一些亮晶晶的锆石，普通的绿松石；但有
两颗翡翠，碧绿清澈，一颗切割了一半，
另一颗已加工得完美无瑕——两者都在文学
这只最昂贵的卡蒂耶珠宝盒里找到了位置。

我把它们放置在那里，为那最后的陈列，
我也来到了任务的尽头，悲哀地明白
那些被击中而失明的眼睛，正在一个崩溃的
被黑暗笼罩的世界里消融，那溅入音调、滋味、
香气、色彩、生气勃勃的语言之频谱的
智力的微光已经不在了，消失了；
我们必须在崎岖的树桩中间生活，
与猫头鹰共处，它们将老鼠消化并变成
阴郁的皮肤和软骨的肿块；与被雷惊吓的猴子共处，
与俯冲下来掠夺的大秃鹫共处。
而我还在筛选你的零星碎片，
不管我看得多仔细，不管天色多晚

我都永远无法使一块海蓝色墨玉复活,
却只能拼写、加注、点上标点。

菲茨杰拉德生前挚友、长年通信对象、校友,美国文学评论家埃德蒙·威尔逊(Edmund Wilson Jr.,1895—1972)为悼念菲茨杰拉德去世而作。

她不知道她正死去，但她的诗知道

[爱尔兰] 葆拉·弥罕

给乔迪·艾伦·鲁道夫

她不知道她正死去，但她的诗知道。
它们一如往昔，坚持着。它们懂得

每个月亮都是一轮渐亏月，
每朵花儿，都已过了盛期；

她出生的城市是一座鬼城，
甚至幽灵也耗尽了她的怜悯；

她的旧情人，母亲，失去的孩子
都被胡乱炖入了幽灵锅。

当她在一行诗中写下"丽恩湖"
是为了有毒的海藻渣,那棕绿色的

在水面四散蔓延的污点
莪辛曾在这些湖岸边猎鹿

穿梭于魔雾,它昭示着妮芙的到来。
古老的语言本身就是哀悼的因由。

这么多垂死的语言。她写了一首颂诗
献给中国中部的女书,她所知道的

最后一种专属女性的文字,它也随着
湖南省 98 岁的阳焕宜一起死去,这诗

可被读作她本人之死的预兆。
诗行自然在不断变短,一如呼吸

正在不断稀薄,修辞枯寡,

这诗是一辆马车,一驾灵车

得得前行,不再是桀骜少年时代,光背
指节发白,凌驾于雷潮之上雷霆的旅程。

诗歌将她死亡的秘密向她藏起:
当缆绳在水中松开,而她的小舟

开始缓慢地漂游,进入光——
失去了舵,侧支索不再紧绷

云朵是桅杆尖端一片破碎的旗帜。
她终于可以顺着浪潮,随心所往。

她的死亡属于诗歌;它们藏起这死
不向她展示,因为知道她不会接受。

2014年弥军随爱尔兰诗人总统迈克尔·希金斯出访中国,在故宫音乐厅朗诵了包括此诗在内的六首诗。

游牧人的心

[爱尔兰] 葆拉·弥罕

有时,仰望寒冷冬夜的群星
你能感觉变幻不息的星系中
地球旋转的动作,一整条
银河之路嗡嗡作响,犹如蜂巢。

他们说,在路上总比到达好——
停留不过是迁徙途中繁冗的
常规手续。有时,灵魂不过是渴望
一个免于俗世战争的歇脚处。

街灯三三两两地亮起
落叶在脏水潭里结成坚硬的冰,
车被堵在路上或低哮着向家驶去。

若我们没有被迫下跪,我们就会

在感恩和赞美,在信与望中跪下——法之统御

清晰地刻绘在苍空浩瀚的圆穹。

  弥军用彼特拉克体商籁的韵式写下了这首十四行诗,更多弥军诗作可参《岛屿和远航:当代爱尔兰四诗人选》。

白猫盘古再世

［爱尔兰］葆拉·弥罕

在这希腊山村的
边界

像只梭球
野性，充满疑心；

每天早晨当我疾书
在五月的眩光下

她在阳光下捕捉蜥蜴
一只接一只

她把它们带来我脚边

先杀再吃

先吞肚子,然后是头
直到抽搐的尾巴尖

只剩下闪光的小牙。
只有她和我

在塞尔马古城边缘
一场不合时宜的温泉泳,

两人天生都是捕手
但她的手艺比我精湛百倍。

　　白猫盘古(Pangur Bán),典出九世纪古爱尔兰语修院抒情诗《学者和他的猫》(*Messe ocus Pangur Bán*),直译《我和白猫盘古》(Bán 在古爱尔兰语中意为"白色"),是现存爱尔兰文学中第一只有名字的猫。

云莓

[爱尔兰] 哈利·克里夫顿

雾霭和披盖沼泽,那是冰川消逝的地方。

书上却说,是这儿,

这儿才能找到云莓——

就在这一小片土地上,在达特山脉的西坡。

我可以看见你瞪着我

好像在说:"什么?在这种天气里?

难道野玫瑰果、正逐渐转红的山楂、致命颠茄

对你还不够?这个国家一半的树篱

正迸溅出各色毒草和万灵药

这些还不够?"

管它叫"烤苹果"吧,像加拿大人那样,

我不在乎。阿尔卑斯山和冻原,

泥沼和枯萎的石楠,是它选定的故土。

至于我,我厌倦了

把生命缩减为一种居家的隐喻……

我想回去

就一次,在一切爱尔兰之物的背面,

去往那自由迁徙的时代

那时,一个男人上路,脑袋里只有一个词语

只有一块破碎罗盘的指针

为他导航,穿越现已沦为风景的地方,

受惊的羊群簇拥着

西风猎猎,吹散的沼泽棉花

颤抖如一百万名先知的胡须

正率领他们的选民离开放逐之地——

去尝尝"普遍性"结出的

淡而无味的果实,像我一样

它扎根于看不见的事物,

并且属于所有的地方。

云莓

本诗的核心隐喻"云莓"(cloudberry),又称沼泽金莓、矮桑悬钩子、鲑莓、黄莓、烤苹果莓,是一种生长于沼泽中的葡萄草本植物。云莓原产于寒冷的北极和北温带近北极地区,基因中可谓保留着冰河时代的悠久记忆。黄澄澄的云莓在爱尔兰的高地沼泽中也能找到,却比较罕见。这首诗看似一首背井离乡的启航之诗,然而诗人当然深知,使一切心灵航行和探险真正有效的,恰恰是对自己来自何处的深刻体认,哪怕脑中的罗盘破碎,对源头的认知将通过"词语"持续为他导航。恰如在世界各地拥有不同名字的云莓属于加拿大也属于爱尔兰,诗歌和语言的选民将通过自我引路而离开"放逐之地",前往那片名叫"普遍性"的看不见的迦南地——通过一种悖论性的身份认同:那些最真切地属于"本地"的体验,恰恰在最深刻的意义上"属于所有的地方"。更多克里夫顿诗作可参《岛屿和远航:当代爱尔兰四诗人选》。

洋流颂

[爱尔兰] 哈利·克里夫顿

纪念劳拉·阿延黛（1907—1984）

在我们西边，如一则未讲述的史诗，
巨大而沉默，写在空气与水之中，
营养盐粒，冰冷的墙与浓雾河岸
融解于彼此，在岛屿之间
开辟它们的道路，博芬，因尼斯图克
还有基拉里港九英里的曲折峡湾，
维特根斯坦的茅屋，奥尼·金的邮局，
法赫梯家，在外面的避暑屋四周，
洋流奔涌穿过童年
高高的内地
我停留了一分钟。因为它正托举着

那遮蔽了十码之内的一切的

永恒之雾——从海面撤离的雾

我至今无从想象,

将世界浓缩为微观宇宙。水滴,

蕨类的叶子。在我靴底吐着泡沫,

咽喉里的钩子,马尾藻鳗鱼的

死结。它正托举着

那些距离,纯粹想象的空间

超越仅是局部了不起之物

干净一如田野的纵深。去往西边

是卡尼家的田亩和他的马铃薯,

穆勒格拉斯陡岬,以及它的坟场

毗邻虚无。远处寂静无声——

大海的碎涛,一路向浪尖攀升。

其余是一则传奇,仿佛仍等待被拼起。

是的,真的,我们是非同寻常之家——

阿延黛婆婆,我们的母系祖先,

阿茹卡尼亚颧骨,几乎是本地的,

在伦敦另拥有一种生活,在此避暑,

我们伟大的谜。我自问,即使在那时

羽翼未丰的十二三岁,我们是如何

到达此地,在这航海状态中

"温暖潮湿的冬季,凉爽湿润的夏季"

我们的房屋是这样充满卵石、贝壳与鸟鸣,

还有防风灯,掷下巨大的阴影,

钙化的鱼,风干的热带种籽

无法破解,带着海洋之力

是洋流携我们到来?阴影,阿延黛婆婆——

即使在那时,我也被自己失落的来历吓得不轻。

倒不是说它在这儿,在任何地方有什么关系。

维特根斯坦,他们说,是个怪得要命的人。

而斯莱皮·法赫梯的一只手被钩子代替,

在他的花棚里撒盐、吸烟、治愈……

过冬用的竹鱼、鳕鱼与明太鱼。

大普莱斯顿,从日本军营归来,

姘上个当地姑娘。诺拉·博克

被她男人抛弃,在新婚当夜,

那人独自种地。
在我的心灵之眼中
我能看见她坐在那儿,整个七月
嗖嗖挥着大剪子。我能看见他们所有人,
洋流的住民们,本地的,渺小的,
埋头各自事务中的。奥尼·金
连同他的羊粪蛋和收到一周的电报,
偷听格陵兰与晚夏旅程的消息,
厄明格,亨伯特,挪威湾流,
等候着非法捕鱼者的月亮。它将再度落下,
那北大西洋迷雾,那冗长的抑郁
一直延伸到北极。鼓风,雨暴,
北方的黑暗,夜色正聚拢来。
我会否认每件事。整整几十年将流逝。

与此同时却在草中,杀不死的——
"阿延黛婆婆,你究竟来自何方?——"
一条鳗鱼扭动。本能告诉我
随它去吧。冷血地,让它融化在

自身的元素中,一份幼鳗的记忆,

绝对别处的纯粹吊篮,

史诗或传奇,为了再度重返。

女体

[加] 玛格丽特·阿特伍德

……完全献给《女体》这一主题。我们知道您对这一主题曾做过多么精到的论述……这一包罗万象的主题……

——来自《密歇根评论季刊》的信件

1.

我同意,这是个劲爆的主题。但劲爆的主题只有这一个吗?眼观八方,你就能发现一大批。不如就拿我自个儿说事吧。

我一早起床。我的主题散发出地狱气息。我在上面洒了点水,用毛刷掸了掸它的局部,用毛巾拂拭,给它上粉,抹上润滑剂,在里面添上燃料,好啦,我的主题,我那与时俱进的主题,我那争议重重的主题,我包罗万象的主题,我一瘸一拐的主题,我患有近视的主题,我背部有病的主题,我行为不端的主题,我粗俗的主题,我无耻的主题,我正在老化的主题,我那不可能成形的主题,裹着过分宽大的风衣,穿着冬靴,就这么刷啦一下出发啦。它沿着人行道疾走,仿佛有血有肉,它正在找寻彼方的事物:一棵鳄梨树,一名市议员,一个形容词。它和往常一样饥肠辘辘。

2.

女体的基本饰件如下:吊袜带、底裤带、衬裙、背心、裙撑、乳搭、三角肚兜、宽内衣、三角裤、细高跟、鼻环、面纱、小山羊皮手套、网眼长筒袜、三角披肩、束发带、"快乐的寡妇"、服丧用的黑纱、颈饰、条状发夹、手镯、串珠、长柄望远镜、皮围巾、常用黑色衣物、小粉盒、镶有低调的杂色布条的合成弹力纤维连衣裙、品牌浴衣、法兰绒睡袍、蕾丝泰迪熊、床、脑袋。

3.

女体是由透明塑料制成的,插上电源就会发光,按一下按钮就可以显示各种身体系统。在循环系统中,心脏和静脉是红色的,静脉是紫色;呼吸系统是蓝色的;淋巴系统是黄色的;消化系统是绿色的,肝脏和肾则是浅绿色。神经被涂成橙色,大脑是粉色的。骷髅——你大概已经猜到了——是白色的。

生殖系统不是必备的,可以被移除。它配有一个小型胚胎,有时不配。你可以行使为人父母的决定权。我们可不想吓唬人,也不想惹恼谁。

4.

他说,我可不想在屋里要这么一个东西。它会给年轻女孩带来不正确的审美观,更别谈解剖观了。如果一个真正的女人是如此制作出来的,她准会面朝下扑倒在地。

她说,别的女孩都有,如果我们不给她买一个的话,她会觉得不公平。这会坏事。她会渴望拥有这么一个女人,渴望成为这么一个女人。压抑会使一样东西更显珍贵,你很清楚这些。

他说,不光是那些塑料乳头的问题,还有那些衣物。那一套行头,还有那个愚蠢的男洋娃娃,他叫什么来着?那个穿着粘上去的内衣的家伙。

她说,最好是趁她年纪尚小,一劳永逸地把这事儿办了。他说,好吧,但别让我看见。

她嗖嗖飞下楼梯,像一只被掷下的飞镖。她浑身一丝不挂,头发被拦腰斩断,脑袋扭转了一百八十度,她丢了几根脚趾,周身布满了羊皮纸卷轴花纹的紫墨水纹身。她一头撞上了盆里的杜鹃花,像个被弄脏了的天使般抽搐了一会儿,应声落地。

他说,我想我们是安全了。

5.

女体有许多作用。它曾被用来敲门,用作开瓶器和肚子滴答作响的钟,用来支撑灯罩,用作胡桃夹子——只消把它的黄铜腿儿拧成一股,你的胡桃就磕好啦。它可以插火炬,架起胜利的花冠,长出紫铜翅膀,高高举起一圈霓虹星星——在它的大理石脑袋上则可以经营一爿商店。

它贩卖汽车、啤酒、剃须液、香烟、烈酒;它贩卖减肥手册和钻石,还兼卖装在小玻璃瓶里的欲望。这就是那张带动了一千种周边产品的面孔吗?毫无疑问。不过,可别想得太美了,宝贝儿,这微笑,一角钱可以买上一打。

它不光是贩卖,它本身也是商品。货币流入这个国家,流入那个国家——或者说飞入,实际上是匍匐进入——一套接着一套,都是受了那乳臭未干的无毛美腿的诱惑。听着,你想要减轻国家债务?你不是个爱国主义者么?爱国主义的精髓在此。我的姑娘。

她是一种自然资源,幸运的是,她是可再生的,因为这类东西损耗得实在太快。如今厂家的生产质量已经今非昔比。次品。

6.

一加一等于一。没人要求你一定得从女性那里得到快感。鹅与鹅之间结成的配偶还更牢固些呢。我们可不是在谈论爱情，我们说的是生物学。我们正是沿着生物学之路来到这里的，闺女。

蜗牛们另辟蹊径。它们是雌雄同体的，而且进行的是三人交配。

7.

每个女体中都包含一个女性的大脑。方便得很。大脑操纵全身。往里面插上一根针，你会得到妙不可言的效果：怀旧流行歌曲、电流短路、噩梦。

不管怎么说，每个大脑都分成两瓣，由一根粗绳索连接，神经纤维链从这一瓣伸展到那一瓣，电子信号的火花来回激荡。如同波浪上的光斑，如同一场对话。一个女人是如何获取知识的？依靠听觉。依靠窃听。

现在来谈谈男性的大脑，那完全是两码事。两瓣脑之间只有一座纤细的桥：这头是空间，那头是时间，音乐和数学在各自封闭的密室里各就各位。右脑不知道左脑在做什么。这对于瞄准很有好处，有助于你扣动扳机射中目标。

目标是什么？目标是谁？谁在乎呢？重要的是射击！听好，这就是男性的大脑。相当客观。

这就是男人为什么觉得悲哀，觉得与世隔绝，觉得自己是被抛弃的孤儿，在一片深不可测的空洞中被抽走了弦儿，无依无靠。什么空洞？她说，你在说什么啊？宇宙的空洞，他说。她说，喔。她看向窗外，想搭上窗把手。但是无济于事，有太多事情正在发生，树叶里有太多的窸窸窣窣声，太多的噪音，于是她说，你要不要吃片三明治，或是一块蛋糕，或是喝杯茶？他见她完全不得要领，气得磨牙霍霍，他走开了，不仅仅是只身走开，而且是孤零零地走开，他迷失在黑暗中，迷失在头骨中，正在寻找另一半，那位可以令他完整的胞弟。

然后他就想到：他是把女体弄丢了！看啊，它在远方的一片阴霾中闪闪发光，展现着健全和成熟，像一只硕大的瓜，像一只苹果，像出自蹩脚性爱小说的一个关于胸部的隐喻。它熠熠生辉，闪耀如气球、如一个多雾的中午、如一轮水灵灵的月亮，在光之蛋壳内微光粼粼。

抓住它。把它放进南瓜，藏进高塔，藏进集中营，藏进卧室，藏进屋子，藏进房间。快，给它束上皮带，配上锁、锁链，使它痛哭，摆平它，这样，它就再也不能从你那儿开溜啦。

本篇以及下一篇《天使》译文最初收录于《好骨头》(上海译文出版社2009年版)。

天使

[加]玛格丽特·阿特伍德

我知道自杀天使是什么样子。我见过她几次。她逡巡在我身旁。

你会在四面八方邂逅天使的肖像,而她和那些古典画里的天使完全不同,没有鬈曲的秀发,楚楚的睫毛;她和圣诞卡上那些洁白可人的天使也不一样。上述肖像常在天使的脚上大做文章——她们总是光着脚,我猜,这大约是为了说明天使不需要穿鞋吧。她们行走于铁钉和煤炭上,有着阿司匹林的心脏,蒲公英种籽的脑袋,空气做的身子。

不,自杀天使可不是这样。她稠密,因充满反物质而滞重,一颗暗星。尽管有种种差异,她和其他天使仍不乏共通之处。所有的天使都是信使,她也是,这并不意味着所有的信使都会送来佳音。天使们带来不同的讯息,她们因而属于不同的族群,譬如失明天使、肺癌天使、癫痫天使和毁灭天使。毁灭天使同时是一株蘑菇。

（你见过雪天使吧：冷冰冰的、毯状的、你自身的形象，你曾填充过这个轮廓。她们也是信使，她们来自未来。她们说，你将来就会是这副模样，或许你现在就是这副模样：就像光束扫过某片空间，如此而已。）

天使以两种形象现身：坠落型和非坠落型。自杀天使属于坠落型，她穿越大气，堕及地表。或者，她其实是跳落的？那你得去问她。

不管怎么说，这是一场漫长的坠落。在空气的摩擦下，她的脸熔化着，如流星的肌肤。这就是自杀天使如此安详的缘故。她没有一张堪作谈资的脸，她的脸是一枚灰色的卵。她没有义务，尽管坠落之光常驻。

她们中的每一个都说：我不为人服务。自杀天使是这种人：一名叛逆的女侍者。叛逆，她所能提供的就是这个，当你看见她在五十层楼窗外或者桥边向你招手，或是捧着一样东西朝你伸出手时——某种解脱的标志、软化学、急板金属乐——她要提供给你的就是这个。

当然，还有翅膀。如果没有翅膀，她说的话你一个字也不会信。

后记

我们这一代读着外国文学译著长大的青年，对于老一辈翻译家是负债的。他们优美的译笔源自一个汉语的光华摇曳生辉的古老传统，扎实的西文功底来自一个没有网络和电子辞典的硬核环境，对译稿的精细打磨基于墨水和格纹纸，过程往往长达十几年、几十年或终生之久。对他们的敬意和感谢是任何清单都不足以概述的，请允许我免去这注定充满缺憾的罗列。

正因如此，"翻译家"这三个字在我心中有着特殊的重量，我自知不能忝列其中，不过是抱着对特定作者的热爱，临渊履冰而行。就像小引中提到的，本书的标题是对乔伊斯《青年艺术家的肖像》的致意——乔伊斯亦是一名隐秘的译者。

C. S. 路易斯说："我厌恶在一切之中只看到我自己。"然而，这斑斓世界中的万物，又注定在一切意料之中和意外之地向我们举起一面镜子。有时候，我觉得译者和原作的关系也是这样的矛盾而幽微。

距离这本小书的初稿整理完毕，转眼又过了四年多。这几年中，由于其他工作占去了太多精力，我已几乎"自绝"于译事，但还是零敲碎打地译完了一本爱尔兰作家的短篇小说集，一本中古英语抒情诗选，并以每天二三十行的龟速，继续从中古英语西北方言翻译着十四世纪头韵诗人"珍珠"的作品全集——一场始于博士求学期间，眼看没有任何希望在近期完成的奥德赛之旅。比起那时的自己，一个可能的变化是对抵达的关心少了，双手不再时刻紧握船舵，可以时不时在风中张开，除了感受空气的流动之外什么都不做。

"肖像"是时时回看来路，"缮写台"是偶然擦拭病珠。谢谢书中涉及的已出版译著的编辑们允许我使用发表过的译文，人与人的牵绊在书页中续存，是我最喜欢的和同类相处的方式。谢谢本书的责编方尚芩女士，如果没有她的敦促和鼓励，上课写板书被学生称为"灵魂画手"的我，不会有勇气在本书中收入自己的涂鸦作插图。新的旅程总是崎岖，幸而能够结伴向前。

回到毕肖普所说的"忘我而无用的专注",对于愿意在劳作中安放生命的人而言,这是多么无价又公平的礼物。在这纷纭尘世间,我知道,你或许也知道,除了极度专注中产生的对时间的克服,没有什么其他幸福值得或者可能驻留。

谨以为记。

包慧怡

2020年4月

于缮写室中